이것이 법이다 178

2024년 2월 22일 초판 1쇄 인쇄
2024년 2월 27일 초판 1쇄 발행

지은이 자카예프
발행인 김관영

기획 이기헌 왕소현 임동관 박경무 강민구 조익현
책임편집 최전경
마케팅지원 이원선

발행처 (주)로크미디어
출판등록 2003년 3월 24일
주소 서울시 마포구 마포대로 45 일진빌딩 6층
Tel (02)3273-5135 **Fax** (02)3273-5134
홈페이지 rokmedia.com **E-mail** rokmedia@empas.com

ⓒ 자카예프, 2015

값 9,000원

ISBN 979-11-408-2116-7 (178권)
ISBN 979-11-255-9575-5 04810 (세트)

이것이 법이다

178

자카예프 장편소설

ROK
MEDIA
로크미디어

CONTENTS

똥개가 똥을 끊지

　노형진은 김솔한에게서 스폰을 해 주는 남자의 연락처를
받아 낼 수 있었다.
　이혼당해서 영혼까지 털리기는 싫었던 김솔한으로서는 어
쩔 수 없는 일이었다.
　물론 노형진이 전면에 나서는 위험한 행동은 하지 않았다.
그 대신에 적당한 장소로 그놈을 불러들였다.

　–반갑습니다. 도장배라고 합니다.

　호텔의 스위트룸 안으로 들어온 도장배는 소파에 앉아 있
는 남자에게 고개를 숙였다.

그러자 남자는 느긋하게 고개를 끄덕거렸다.

─그래, 네가 장배구나.
─잘 부탁드립니다. 회장님.

도장배는 소파에 앉은 남자에게 굽실거렸다.

그도 그럴 게, 남자는 한만우가 이끄는 양성화 조직의 공식 고문이니까.

물론 그건 거짓말이고, 실제로는 새론에서 일하는 정보 부서의 직원이었다.

하지만 아무리 도장배라 해도 대표도 아닌 고문, 그것도 비상임 고문이 누군지 알아낼 수는 없다.

전국을 꽉 쥐고 있는 전국구 조폭의 고문이니 감히 그 신상을 캐 볼 생각도 못 할 테고 말이다.

게다가 설사 접근해서 알아낼 방법이 있었다고 해도 결국에는 믿을 수밖에 없었을 거다.

단순히 이름만 빌린 게 아니라 협조를 얻어서 그의 일정과 기타 내용까지 이미 맞춰 둔 상황이니까.

실제로 해당 고문의 이름으로 이 방을 빌린 데다 그 고문도 이 호텔에 와 있다. 단지 다른 사람 명의로 빌린 방에서 휴식을 취하고 있을 뿐.

—에헤. 회장님이라니. '고문님'이라고 불러야지. 귀찮게 회장 같은
걸 왜 해?

　—죄송합니다. 고문님.

　카메라 너머에서 보이는 모습에 서세영은 혀를 내둘렀다.

　"와, 저저저, 굽실거리는 거 봐라. 대가리가 땅속으로 파
고들겠네, 진짜."

　"저런 인간이니까 이런 짓거리를 하지."

　노형진은 도장배를 보면서 혀를 끌끌 찼다.

　"그런데 저 인간 맞아?"

　"맞아."

　협회 소속으로 일하던 당시, 출입을 위해 사진 등의 기록
을 남겨야 했다. 그랬기에 노형진은 그 당시 세모에서 근무
하던 도장배의 사진과 기록을 확인할 수 있었다.

　"그런데 먹힐까?"

　"두고 봐야지. 어차피 이건 증거로 쓸 수 없어. 알잖아?"

　"그건 그렇지."

　이건 불법적으로 얻은 증거다. 그런 만큼 법원에서 증거로
쓸 수는 없다.

　하지만 사실을 확인하는 카드로써는 괜찮다.

　—그래. 장배야. 네가 쓸 만한 계집애들을 알고 있다며?

-네, 고문님. 원하시는 년이 있으면 바로 가져다 바치겠습니다. 아니면 여기 사진첩을 가져다드릴까요?

　-아니, 아니야. 내가 원하는 애가 있어서 그래.

　-누구를 말씀하시는지?

　-그 김솔한 사장이 데리고 있던 애 있지?

　그 말에 도장배가 흠칫했다.

　-그 아이 말입니까?

　-그년이 참 맛나 보였거든.

　-하지만 나이도 있고…….

　-어허, 왜 이래. 사람이 취향 나름이잖아?

남자는 다 안다는 듯 히죽 웃으며 말했다.

　-솔직히 유부녀도 따먹고 다니는 세상인데, 안 그래?

　-그거야 그렇죠.

수긍하는 도장배.

정작 놀란 건 서세영이었다.

"유부녀? 잠깐, 유부녀가 스폰을 뛴다고?"

"취향은 다양한 법이니까. 당장 조조만 봐도 유부녀 킬러

였잖아."

"아니, 씨. 그렇기는 한데⋯⋯."

서세영은 어이가 없어서 고개를 절레절레 흔들었다.

20대 어리고 예쁜 애들이야 그렇다 해도 설마 유부녀까지 스폰을 뛸 줄이야.

─내가 말이야. 유부녀는 좀 그래. 괜히 걸리면 뒤가 영 찝찝하거든. 가오가 있지. 그것 때문에 법원 출석하는 건 그렇잖아? 그래서 그런 것에 예민해. 알지?

─알죠.

─그래. 어쨌든 내가 좀 농밀하고 능숙한 애를 좋아해요. 원숙미 있는 애들. 너무 어린 애들은 뭐랄까, 통나무 같단 말이지?

─아아~ 무슨 뜻인지 알겠습니다. 고문님.

그게 그다지 특이한 취향은 아닌지 도장배는 고개를 끄덕거렸다.

─김솔한 사장이 한번 보여 줬는데 내 취향이더라고.

─괜찮으십니까? 그래도⋯⋯.

─이 바닥이 뭐 그렇지. 알음알음 다 구멍동서 아냐.

─하하하.

─내가 그런 거 신경 쓰는 사람은 아니에요. 그러니까 데려와.

-그게…….

도장배는 그 말에 뭔가 고민하는 듯하더니 조용히 입을 열었다.

-그, 다른 일을 하고 있어서요.
-다른 일? 이 바닥 일 그만두고 취업이라도 했어? 아니, 취업했다고 더는 스폰도 안 받는다 이거야?
-아니, 그게 아닙니다. 그게…….

하긴, 도장배 입장에서는 공개 석상에 나서는 게 꺼림칙할 수도 있을 거다.

-뭐, 나한테 데려오지 못할 이유라도 있어? 아니면 지금 나를 무시하는 건가?

천천히 차가워지는 남자의 목소리.
그러자 그의 뒤에 있던 남자들이 자리를 옮겨서 입구를 막았다.

-허, 내 살다 살다 나를 이렇게 개같이 무시하는 새끼는 또 처음이네.

-고…… 고문님! 그게 아닙니다! 진짜로 오해이십니다!

-내가 돈을 안 준대? 내가 이미 김솔한한테 들었어. 갈아 치웠다면서? 그래서 내가 스폰 넣어 준다는데 뭐, 김솔한 회장 말고는 좆같이 보는 순정파다 이거야?

-오해이십니다, 진짜로.

-내가 너 따위 없다고 해서 그년 하나 못 찾을 것 같아? 내가 용돈 좀 쥐여 준다는데 거절한다 이거지? 어디 하나 끊어져 봐야 정신 차리겠네.

그리고 그 말과 동시에 입구를 막고 있던 남자의 품에서 긴 사시미가 나왔다.

그걸 본 도장배는 얼굴이 노래졌다.

-고…… 고문님, 그런 게 아닙니다. 진짜로 데려오겠습니다. 무슨 수를 써서라도 데려오겠습니다!

-그래, 그래야지.

남자가 손짓하자 그제야 품으로 들어가는 사시미.

-생각 잘해야 할 거야. 무슨 소리인지 알지?

-네, 고문님.

-그러면 연락 줄 테니까 나가 봐.

―네…… 네, 고문님.

허겁지겁 나가는 도장배.

그걸 보며 서세영은 어이가 없다는 듯 혀를 끌끌 찼다.

"아니, 그래도 그렇지, 이렇게까지 하는데 데려온다고?"

"당연하지. 스폰이라는 게 단순히 성관계만 말하는 게 아니야."

"그러면?"

"스폰을 받는 대상은 스폰을 하는 자에게는 연애 상대나 로맨스 상대가 아니라 도구일 뿐이거든. 당연히 철저하게 도구로써 대할 뿐이야."

사람들의 꿈냥거리는 데이트? 감정을 주고받는 따뜻한 한마디?

스폰 관계에 그딴 건 없다. 스폰을 하는 놈이 요구하면 스폰을 받는 쪽은 들어줘야 한다.

"심지어 어떤 놈은 여자가 아버지 장례 중인데 불러내서 했던 사건도 있었지. 뭐랬더라? 이런 때 아니면 상복 입은 여자 언제 건드려 보냐고 했다던가?"

"뭐? 미친놈 아니야?"

"상대방은 그에게 있어서 사람이 아니라 도구니까."

그렇기에 저런 식으로 대한다고 해도 이상하지 않다.

"도리어 인간적으로 대한다고 하면 절대로 안 데려올걸."

아무래도 자신들이 하는 일이 위험하니까.

"하지만 김솔한은 그 여자가 뭔 짓을 했는지 알잖아?"

"알지. 그런데 그걸 말하겠어?"

"아…… 그러겠네."

김솔한은 김서라가 조강원을 무고한 걸 알고 있을 거다.

하지만 그걸 말해 줄 이유도 없을뿐더러 말해 봐야 자기만 창피할 테니 입을 다무는 게 보통이다.

"무슨 소리인지 알겠다."

서세영은 고개를 끄덕거렸다.

일반인이라면 설득하거나 아니면 핑계를 대고 다른 여자를 들이밀 수 있을지도 모른다. 하지만 조폭을, 그것도 전국구 조폭을 과연 거부할 수 있을까?

"어디에 숨어 있는지는 모르지만 튀어나올 수밖에 없을 걸, 후후후."

⚖️

노형진의 예상대로 김서라는 결국 모습을 드러냈다.

그리고 그녀의 모습은 사람들이 아는 모습이 아니었다.

"김서라라고 해요. 회장…… 아니, 고문님."

"그래, 오이야. 여기로 와서 앉아 보그라."

마치 마음에 든다는 듯 히죽 웃는 남자.

"그래, 데려올 수 있잖아? 왜 싫다고 내빼?"

"죄송합니다…… 고문님."

고문이 손짓하자, 뒤에 있던 남자가 가방 하나를 건넸다.

"확인해 봐."

"열어서 확인해 보라고. 나중에 돈 안 줬다는 개소리 듣긴 싫으니까."

그 말에 도장배는 다급하게 가방을 받아 열었다. 그러고는 눈이 휘둥그레졌다.

"5천만 원이야. 맞지?"

"이…… 이렇게 많이…….."

"내 맘에 들어서 좀 더 넣었다."

"감사합니다! 회장, 아니 고문님."

"그래그래. 아이고, 곱기도 해라."

고문은 김서라의 손을 만지작거리면서 히죽거렸는데, 진짜로 마음에 들어 하는 얼굴이었다.

"그러고 보니 조건은 들었나?"

"네? 아…… 그게, 아직…….."

김서라의 얼굴에는 기대가 서리고 있었다.

그도 그럴 게 김서라는 조건도 듣지 못한 채 이 자리에 거의 반강제로 끌려왔기 때문이다.

맘 같아서는 절대로 싫다고 선을 긋고 싶었지만 애석하게도 상대방은 전국구 조폭의 위험한 인물이라 거절할 수가 없어서 울며 겨자 먹기로 나온 것이었다.

하지만 눈앞에 놓인 돈을 보니 생각이 바뀌었다.

저 정도 돈을 줄 수 있는 사람이라면 자신에게도 충분히 더 많은 돈을 줄 수 있을 테니까.

"자 자, 전에 얼마 받았다고?"

"오피스텔 하나랑 월 800만 원요."

"그래? 그러면 내 오피스텔 하나 준비해 주마. 어이, 김 비서. 빈 곳 있어?"

"상신동에 18평짜리 하나 있습니다."

"그러면 거기로 하고, 월 천 정도면 되긋지?"

"어머! 감사해요. 회, 아니 고문님."

"그러니까 계약서 쓰자구나."

"네."

물론 이런 불법행위에 대한 계약서는 법적으로 아무런 효과도 없다.

하지만 최소한 남자 쪽에서는 자신을 지킬 수 있는 하나의 수단이기에 의외로 이런 스폰 계약서를 요구하는 사람들이 종종 있다 보니, 김서라와 도장배는 아무런 의심도 하지 않고 계약서에 사인했다.

"캬, 좋구먼."

그런데 그 순간, 한 남자가 다가와서 고문에게 조심스레 말했다.

"고문님, 회장님이 부르십니다."

"회장님이?"

"네."

"이런…….'

왠지 안타까운 얼굴로 김서라를 바라보던 고문은 입맛을 쩝쩝 다시더니 지갑에서 수표 열 장을 꺼내 건넸다.

"자, 이번 달 용돈이다."

"감사합니다, 고문님."

"그래, 먼저 나가 봐라. 내 형님이 부르니 가 봐야 할 것 같다."

"네, 고문님."

시시덕거리면서 밖으로 나가는 그들.

하지만 고문은 밖으로 나갈 준비를 하지 않았다. 대신에 다른 방에서 기다리던 노형진과 서세영이 안으로 들어왔다.

"영상은 어떻게, 확실하게 건지셨습니까?"

"확실하게 건졌습니다."

"다행이네요."

노형진의 말에 지금까지 고문 노릇을 하던 남자가 고개를 끄덕거렸다.

"이거 영상이 상당히 볼만하겠네요."

"그렇죠."

불법적으로 얻은 영상인 만큼 증거로 쓸 수는 없다. 하지만 그걸 방송에 내보내는 건 전혀 다른 문제다.

그리고 방송에 내보낼 수 있다면 여론을 바꾸는 것도 어려운 일이 아니다.

"하지만 여전히 문제가 해결된 건 아닌데, 오빠? 알잖아, 성매매를 하는 것과 강간을 당한 건 전혀 다른 문제라고."

"알고 있지."

실제로 술집 여자들이 강간으로 고소하는 사건은 제법 많다.

한국에서는 성매매가 불법인 만큼, 성매매를 목적으로 하는 술집에서 이뤄지는 성관계도 정상이 아니기 때문이다.

즉, 성관계가 있어서는 안 되는 곳에서 이루어진 성관계에 대해 여자가 간단하게 '동의한 적 없다.'라는 말만 해도 강간이 된다.

이것도 마찬가지.

아무리 스폰에 관련된 계약이라지만 이것과 별개로 김서라가 조강원에게 강간당했다고 주장하는 것은 불가능한 일이 아니다.

"이건 나중에 조강원의 컴백을 위한 하나의 수단이야."

"끄응, 그건 이해가 가는데……."

"그리고 슬슬 강원주를 건드려 봐야지."

"그러고 보니 강원주가 이 사건의 주범이잖아?"

강원주는 조강원의 전 여자 친구다. 그리고 이 사건의 주범으로 의심받고 있다.

"우리가 가서 촬영한다고 하면 동의할까? 애초에 범인인데, 거북스러워하지 않을까?"

"그건 상관없지, 어떻게 나와도."

"어째서?"

"그녀는 지금 자기가 우리 레이더에 걸렸다는 사실을 몰라."

그러니 아마도 이쪽에서는 전혀 모르고 있다고 생각할 거다.

실제로 얼마 전까지만 해도 몰랐다. 무려 1년 6개월 전에 헤어졌으니까.

물론 조강원이 성공한 후에 다시 시작하자고 한 적은 있다지만, 설마 그걸 거절당했다고 함정을 짰다는 걸 누가 믿겠는가?

설사 믿는다고 해도 증거는 없다고 생각할 거다.

"그리고 그 믿음이 무너지면 실수를 하기 마련이지."

⚖️

강원주는 자신을 찾아온 PD와 카메라맨을 보고 깜짝 놀랐다.

"당신들 뭐예요!"

"다큐 〈유죄 추정의 원칙 그리고 그림자〉 팀입니다. 조강원 씨 전 여자 친구인 강원주 씨 맞으시죠?"

"그걸 어떻게…… 아니, 잠깐만. 당신들, 여기는 어떻게 아신 거예요?"

"혹시 하실 말씀이 있습니까?"

"뭘요! 아니, 난 할 말 없어요!"

다급하게 도망가려고 하는 강원주.

노형진은 그 모습을 좀 떨어진 곳에서 보면서 키득거렸다.

"보이지?"

"그러네. 갑자기 들이닥쳐야 한다고 하길래 왜 그런가 했어. 그런데 이런 걸 노린 거구나."

"맞아. 이런 걸 노린 거지."

만일 아무런 죄도 없다면 강원주는 다급하게 도망치지 않을 거다. 차분하게 현 상황을 파악하려고 하겠지.

"그러다가 자신이 전 여자 친구라는 사실을 알고 접근한 걸 알면 그에 따른 대응을 하겠지."

만일 조강원에게 아무런 감정이 없거나 좋게 헤어졌다면 아마 '그는 그런 짓을 할 사람이 아니다.' 또는 '뭔가 오해가 있을 거다.'라는 식으로 인터뷰를 했을 거다.

그리고 만일 원한이 있다면 '그놈은 그러고도 남는다.'라는 식의 인터뷰를 했을 테고 말이다.

"더 이상 엮이고 싶지 않다면 '미안한데 이제 나는 상관없는 사람이다.'라고 딱 선을 긋고 더는 찾아오지 말라고 하겠지."

하지만 그녀는 지금 도망가고 있다.

건물 밖으로 나오다 말고 다급하게 회사 안으로 다시 들어가 눈치를 살피면서 경비원들에게 막아 달라고 징징거리고 있었다.

"너무 놀라서 그럴 수도 있잖아?"

"아닐걸. 연습생 출신이잖아. 카메라에 익숙하지."

"아하!"

물론 촬영 팀이 찾아오면 당황하는 건 어찌 보면 너무 당연한 일이다.

그러나 카메라에 익숙한 사람과 익숙하지 않은 사람의 대응은 완전히 다를 수밖에 없다.

"아무래도 취재에 응하지 않겠지?"

"않을걸."

노형진은 어깨를 으쓱했다.

"켕기는 게 있으니까."

자신이 저지른 죄가 있으니 전면에 나서기 싫을 거다.

물론 여전히 복수는 하고 싶을 테니 말도 안 되는 헛소리를 할 가능성 역시 없는 건 아니지만.

"하지만 이제 슬슬 불안해질 거야, 후후후."

⚖

강원주는 다급하게 도장배와 김서라에게 연락했다.

촬영 팀을 보고 일단 도망은 쳤지만 그들이 쉽게 포기할 것 같지 않았기 때문이다.

그나마 지하 주차장에 있는 통로로 도주해서 피할 수 있었지만, 도대체 뭔 짓을 했기에 자신에게까지 그놈들이 찾아온단 말인가?

"야! 김서라! 너 지금 뭐 한 거야! 응? 뭐 한 거냐고!"

–뭔 소리야? 뭘 했냐니?

"촬영 팀이 나 찾아왔잖아! 그거 뭐냐고!"

–아…… 잠깐……. 그게 무슨 소리야?

순간 당황한 김서라의 목소리가 떨렸다.

"다큐 뭐라고 했는데 하여간! 촬영 팀이 나한테 몰려왔단 말이야! 그런데 나에 대해 그 새끼들이 어떻게 알았느냐고!"

조강원의 성격부터 성벽, 심지어 취향까지 완벽하게 알고 있는 사람이 강원주다.

그러나 자신이 다시 사귀자고 했을 때 조강원은 단박에 거절했다. 그리고 그건 강원주가 원한을 품는 계기가 되었다.

물론 자신이 먼저 바람피운 건 사실이다.

하지만 그건 과거의 일이고, 남자라면 당연히 과거의 연인을 살펴 줘야 하는 거 아닌가?

그런 생각이 무럭무럭 자라나 원한이 되었을 무렵, 강원주는 자신이 알고 지내던 도장배를 떠올렸다.

잠깐 스폰을 받을 때 알고 지냈던 사이지만 그래도 쓸 만한 카드라 생각한 강원주는 그를 통해 김서라를 소개받고 함정을 팠다.

김서라도 그렇잖아도 이제 곧 스폰이 끊어질 상황이라 크게 한탕 털고 나갈 생각에 기꺼이 응했고 말이다.

그랬는데…….

-촬영 팀이라니? 대체 무슨 촬영? 다큐? 무슨 다큐를 말하는 거야?

"내가 어떻게 알아!"

결국 강원주는 소리를 빼액 질렀다.

중요한 건 자신의 존재가 드러났다는 거다.

-아니, 그게…… 변호사가 한마디 하기는 했어.

"뭐? 변호사가?"

-그래, 유죄 추정의 원칙과 관련해서 조강원을 대상으로 다큐를 찍는다고.

"그걸 말해 줘야 할 거 아니야!"

-아니, 너야 드러나면 안 되니까 그랬지.

혹시나 모르니 최대한 서로 드러나지 않도록 감춰야 한다. 그래서 연락을 주지 않은 거다.

애초에 강원주가 드러날 거라는 생각 자체도 하지 못했고 말이다.

-네가 전 여친인 걸 알아낸 거 아니야?

"씨팔, 그런 건가?"

-그런 거라면 문제없잖아.

"말을 해 줘야 할 거 아냐!"

―그걸 내가 굳이 말해 줄 이유는 없지.

같은 패거리지만 그렇다고 해서 모든 걸 같이할 우정 어린 사이는 아니지 않은가?

―미안한데 나중에 이야기하자. 나 지금 바빠.

"야!"

하지만 김서라는 가차 없이 전화를 끊어 버렸다.

강원주는 눈을 찡그리며 성질을 부렸다. 하지만 그녀가 할 수 있는 일은 없었다.

⚖

"고자 새끼인가?"

"왜?"

사무실 소파에 방만하게 드러누워 있던 도장배는 김서라의 말에 뭔 소리냐는 듯 물었다.

"얼마 전에 만난 그 고문 있잖아."

"아, 그분?"

"그분은 개뿔. 그 새끼지."

"말조심해라, 스폰 주시는 분인데."

"아 씨, 누가 그런 아재 만나고 싶대? 돈만 아니면 확."

"어찌 되었건, 왜?"

"고자인가 싶어서. 자꾸 불러내서 밥도 먹고 드라이브도 하고 시간은 죽이는데 손도 안 대잖아."

"그럴 리가. 애초에 널 고른 이유가 뭔데?"

농밀하고 익숙한 사람을 만나고 싶다는 핑계로 김서라를 고른 거다. 그런데 손도 대지 않다니.

"뭐지?"

물론 거기엔 다 이유가 있다.

아무리 증거와 방송용이라 해도 진짜 성관계를 한다면 그 자체가 범죄이고 문제가 된다. 그렇기에 손도 대지 않고 촬영만 하고 다닌 것.

"영 찜찜한데……."

스폰이 시작된 지 얼마 안 된 짧은 시간이지만 남자라는 존재가 어떤 새끼들인지 알고 있는 도장배는 왠지 꺼림칙했다.

보통 스폰을 막 시작했을 때에는 미친 듯이 달려들다가 시간이 좀 흐르고 나면 지겨워서 슬슬 거리를 두며 다른 여자를 찾는 게 남자들이라는 걸 잘 알고 있으니까.

그 순간 도장배의 핸드폰이 울렸다.

"여보세요?"

─지금 뭐 하자는 거야?

"어, 강원주 씨. 어쩐 일이야?"

─어쩐 일? 김서라 그년 어디 있어?

"김서라?"

그 말에 어이가 없다는 듯 김서라를 돌아보는 도장배.

그리고 누구한테 전화가 왔는지 알아차린 김서라는 자신은 여기 없는 척해 달라는 듯 손짓해 보였다.

"요즘 바쁜 것 같던데, 왜?"

—그년이 요즘 나 피하잖아. 이야기가 다르다고! 지금 촬영 팀이 날 따라다녀서 얼마나 곤란한지 알아?

"아니, 그건 우리가 뭘 어떻게 할 수 있는 게 아니지."

—뭐가 어떻게 할 수 있는 게 아니라는 거야? 내 존재가 드러나지 않는다는 조건 아니었어? 그런데 왜 관심이 다 나한테 쏠리냐고!

"그러니까, 그건 내가 알 바 아니라니까? 내가 그걸 흘린 것도 아니고!"

—미치겠네. 이야기가 달라졌는데 왜 자꾸 피하냐고!

"걔도 바쁜가 보지."

—그년한테, 연락 안 받으면 죽여 버린다고 해.

"거 말 험하게 하네."

—안 그러게 생겼어? 연락하라고 해!

빽 소리를 지르면서 끊어 버리는 강원주.

도장배는 자신의 핸드폰을 바라보면서 눈을 찡그렸다.

"이년이 미쳤나? 달거리하나?"

"왜?"

"네가 자꾸 피한다고 지랄하는데?"

"안 피하게 생겼어? 언론에서 자기 따라다닌다고 존나 귀찮게 하는데!"

김서라는 짜증을 부렸다.

"그런데 대체 왜 강원주한테 붙은 거야?"

"나야 모르지. 전에 말한 촬영 팀 같은데."

사실 어떻게 보면 당연한 거다.

이들의 변호사가 이들이 어디에 있는지 알려 주지는 않았을 테니까.

도장배에 대해서는 아예 언론에 말도 하지 않았고, 김서라에 대해서는 피해자 보호 차원에서 말하지 않았다.

그에 비해 강원주의 경우는 이미 사는 곳도, 근무처도 소문난 상황.

자연히 강원주는 이 상황이 불편할 수밖에 없었다. 자기가 저지른 죄가 있으니까.

"귀찮아 죽겠네, 진짜."

"뭐, 무시해."

그들은 지금 자신들이 어떤 함정에 빠지고 있는지 생각도 못 한 채 그저 자기 욕심만 차릴 뿐이었다.

⚖️

"강원주가 거의 죽어 가는 얼굴이네?"

"그럴 거야. 이러다 걸리는 거 아닌가 하는 생각이 들 테 니까."

"하긴, 원래대로라면 김서라가 방패가 되어야 하는데."

하지만 정작 김서라는 빠져 버리고 도리어 그녀가 방패가 되어 버렸다. 그리고 김서라는 자신을 피하고 있으니 더더욱 화가 날 수밖에 없다.

하지만 사실 지금 이 상황은 증거도 모을 겸 김서라와 강원 주 그리고 도장배의 관계도 깨 버릴 겸 해서 노형진 측에서 강 원주가 연락할 시간에 일부러 김서라를 불러낸 결과물이었다.

직장인인 강원주가 김서라와 도장배에게 따지거나 만나자 고 할 시간은 사실 뻔하다.

그러니 그 시간에만 김서라를 스폰이라는 이름으로 불러 내면 연락이 되지 않을 테니, 강원주 입장에서는 미심쩍어지 고 의심스러워져 자연히 믿음이 깨지기 시작할 거다.

물론 김서라와 도장배가 그런 그녀의 마음을 알아줄 리는 없고 말이다.

그리고 그렇게 믿음이 깨진 순간에 못을 박아 버리면 이제 강원주는 무너질 수밖에 없다.

"그러면 이제 슬슬 최종 단계에 들어갈 시점인 거지?"

"그래. 더 이상 늦어지면 재기가 불가능해지니까."

언론에서는 여전히 조강원을 신나게 씹고 있다. 더 늦어지 면 아예 언론에서 관심도 가지지 않게 될 거다. 피로도가 쌓일 테니까.

"그러니 이제는 강원주를 제대로 흔들어 보자고."

노형진은 씩씩거리면서 집으로 가고 있는 강원주를 보며 씩 하고 웃었다.

"강원주 씨."

"아니, 남 PD님. 전 할 말이 없다니까요."

이제는 너무 마주쳐서 얼굴과 이름까지 알게 된 남자.

다큐 촬영 팀의 남 PD는 강원주에게는 죽이고 싶은 상대였다. 그랬기에 오자마자 성질부터 냈다.

하지만 남 PD는 자기 할 말만 했다.

"이번에 조강원 씨 사건 주범이 강원주 씨라면서요?"

그 말에 퇴근하던 강원주가 그대로 멈춰 버렸다. 그러고는 딱딱하게 굳은 얼굴로 남 PD를 돌아보았다.

"지금 뭐라고……."

"제보가 들어왔어요, 강원주 씨가 김서라 씨랑 도장배 씨를 사주해서 조강원 씨에게 성폭행 누명을 씌우라고 했다는."

"뭐…… 뭔 소리예요? 말도 안 되는……."

부정한다 한들 목소리가 떨리는 것까지 감출 수는 없었다.

연습생 시절의 연습하던 시간이며 그때 받았던 수많은 카메라 테스트도이 순간만큼은 아무런 효과도 없었다.

"김서라 씨 스폰 중개해 주는 게 도장배 씨고, 강원주 씨가 도장배 씨를 통해 김서라 씨와 만났다는 제보도 있어요."

"말도 안 되는 소리 하지 말아요. 누가 그런 헛소리를……."

"제보자가 누군지는 말 못 해요. 그런데 그 말이 사실입니까, 당신이 조강원 씨에 대한 강간 누명을 사주한 게?"

그 말에 강원주는 한참 멍하니 있다가 발작적으로 도망가기 시작했다.

그리고 그 모습을, 카메라가 따라가면서 찍었다.

"강원주 씨, 사실이냐고요! 고발 사주가 사실입니까? 합의금 받아서 나눠 가지자고 했다는 게 사실이냐고요!"

하지만 강원주는 아무런 말도 하지 않고 집으로 들어갔다. 그리고 그 모습을 카메라는 계속 찍고 있었다.

⚖️

멘탈이 날아간 강원주는 당연히 김서라에게 따지기 위해 전화했다. 그리고 그 말을 들은 김서라는 당연히 똑같이 멘탈이 날아가 버렸다.

"아니, 뭔 소리야!"

─너지? 너지! 네가 말한 거지!

"내가 왜 말을 해? 조강원한테서 2억은 챙길 수 있다며!"

-그러면 누가 말하는데? 어? 누가 말하느냐고! 날 자꾸 피하더니! 날 속여?

"병신 년아! 네가 망하면 나도 망하는 거야!"

김서라는 당황한 나머지 벌벌 떨면서 변명했지만 이미 영혼이 반쯤 날아간 강원주의 귀에 그녀의 말이 들릴 리가 없었다.

-내가 어떻게 해서든 넌 죽여 버릴 거야! 죽여 버릴 거라고!

"아니, 난 아니라니까!"

-너, 내가 가서 당장……!

그순간 도장배가 다급하게 김서라의 집으로 들어왔다.

그는 들어오기가 무섭게 김서라의 핸드폰을 빼앗더니 그대로 끊어 버렸다.

"뭐 하는 거야!"

김서라는 그런 도장배의 행동에 당황해 목소리를 높였다.

"지금 느긋하게 수다 떨 상황이 아니야."

"수다라니? 지금 이게 수다 같아? 우리 문제가……!"

"우리 문제?"

"씨팔."

보아하니 아무래도 도장배는 이 상황을 모르는 눈치였다.

"무슨 문제인지 모르겠지만 지금 우리 좆 됐어. 급한 건 그게 아니라고."

"강원주가 우리를 사주해서 저지른 짓이라는 걸 언론에서 알았다는데, 이게 급한 게 아니라고?"

"뭐? 잠깐, 그건 또 뭔 소리야?"

"강원주한테서 전화가 왔어. 우리가 강원주한테 사주받아서 조강원을 강간으로 엮었다는 제보가 언론에 들어갔다고."

"뭐?"

그 말에 덜덜덜 떨기 시작하는 도장배.

그리고 그 모습을 보면서 김서라는 공포감이 들기 시작했다. 누가 봐도 도장배는 이 이야기를 처음 듣는 눈치니까.

"도대체 넌 뭔 이야기를 가져왔는데?"

"그……."

"빨리 말해. 숨넘어가게 하지 말고."

"고문님한테서 연락이 왔어."

"무슨 연락?"

그 말에 대답하는 대신에 떨리는 손으로 핸드폰을 내미는 도장배.

거기에는 톡과 함께 파일 하나가 첨부되어 있었다.

ㅡ이 새끼들이 감히 날 속여? 죽여 버리겠어.

"이게 뭐야?"

"조……강원…… 관련 다큐…… 예고편이란다."

"예…… 예고라니?"

"조강원과 관련해서 찍는 거 말이야!"

"자…… 잠깐! 그거 2차 가해라고, 방송에 내보내지는 못할 거라고 했잖아!"

"그게……."

다급하게 도장배의 핸드폰을 받아서 예고편을 확인하는 김서라.

예고편의 내용은 간단했다.

김서라와 강원주는 스폰을 뛰는 일종의 성매매 사범.

그리고 그런 그들에게, 고문이라고 불리는 전국구 조직의 2인자가 조강원 강간 의혹을 청부했다는 것.

"자…… 잠깐! 이건 오해잖아?"

김서라와 고문이 스폰을 주고받은 건 사실이다. 하지만 그 고문이라는 사람은 아는 게 없다.

"중요한 건 그게 아니야."

전국구 조폭의 2인자를 건드려 놨다. 그리고 그가 경찰의 추적을 받게 만들었다.

"사…… 사무실에 있다가 진짜 아슬아슬하게 도망쳤다."

도장배는 사무실에 있다가 문자를 받아 보고는 당황했다.

그러다가 혹시나 하는 마음에 사무실에서 튀어나와 근처에 숨어 있었는데, 얼마 지나지 않아 양복을 입은 건장한 사내들이 사무실로 올라가는 것을 볼 수 있었다.

"조금만 늦었다면……."

아마도 그랬다면 꼼짝없이 잡혀서 영 좋지 않은 꼴을 당했을 거라는 생각에 도장배는 부르르 떨었다.

　하지만 그건 사실 틀린 생각이었다.

　도리어 기다리던 사람들이 도장배가 자리를 비운 걸 확인하고, 그리고 그가 숨어서 입구를 보고 있다는 걸 확인하고 올라간 거다.

　"이제 우린 잡히면 다 죽어."

　"뭐? 이게 무슨……."

　방송에서도 다 알고 조폭이 자신들을 추적할 정도라면 더 이상 돈은 중요한 게 아니다. 목숨이 걸린 상황이 되었기 때문이다.

　"미치겠네. 이게 무슨……."

　김서라는 정신을 차리지 못하고 방 안을 뱅글뱅글 돌았다.

　하지만 아무리 머리를 굴려 봐도 좋은 생각이 나지 않았다.

　그런 그녀에게 도장배가 힘겹게 입을 열었다.

　"방법은 하나뿐이야."

　"무슨 방법!"

　"자수."

　"미쳤어?"

　"안 하면? 너 어쩔 건데? 전국구 조폭한테 평생 쫓길래? 어?"

　"그……."

　"그냥 무고로 감옥 가면 길어야 3년이야. 아니다. 자수니까 감형되면 2년도 가능할지 몰라."

"그래서 자수하자고?"

"그리고, 넌 여자잖아."

그 말에 김서라의 눈동자가 흔들렸다.

그 말대로, 그녀는 여자다. 그것도 스스로 예쁜 걸 알 만큼 미모가 있는 여자.

"차라리 잠깐 들어갔다 나오면……."

만일 경찰에 자수하면, 잘만 하면 진짜 실형 2년으로 끝날 거다. 운이 진짜로 좋다면 집행유예로 풀려날지도 모른다.

고문에게 씌워진 누명만 벗겨 준다면 그도 더는 자신들을 건드리지 않을 것이다.

그러나 만약 조폭에게 잡힌다면? 그 후에 무슨 꼴을 당할지 상상하는 건 어렵지 않았다.

돈 때문에 몸을 파는 거지 수십 명에게 강간당하고 싶은 게 아니다. 더군다나 그 후에는 무사히 풀려날 수 있을까? 그것도 불가능하다.

고문이 엮여 있는 이상 그를 풀어 줄 방법은 자수해서 진실을 밝히는 것뿐이다. 그걸 거절하면 자수할 때까지 진짜로 고문을 비롯해 온갖 더러운 짓을 당할 거다.

"차라리…… 자수를 해서 감형을 노리자. 더군다나 강원주가 언론에서도 이미 알고 있다고 했다면서?"

그렇다면 경찰을 통해 조강원을 뜯어먹는 건 불가능하다.

"혹시…… 아는 검사님 있어?"

김서라는 떨리는 목소리로 답했다.

"손님 중에 아는 분이 계셔. 그분이라면…….."

도장배는 다급하게 전화번호 명단을 검색하기 시작했다.

김서라가 혹시나 마음을 바꿔 먹을까 두려워하면서 말이다.

김서라와 도장배는 그날 저녁 바로 자수했고, 그곳에 촬영 팀이 몰려들었다.

그리고 다음 날 강원주가 남해에서 체포당했다.

자신이 걸렸다는 걸 안 그녀는 회사고 뭐고 다 제쳐 두고 튀었지만 이미 카메라 팀이 따라다니는 상황에서 도망갈 방법이 없었던 것.

−조강원 씨에 대한 강간 무고 사건이 네트웍플러스 다큐 팀의 조사로 인해 새로운 국면을 맞이하게 되었습니다. 경찰의 발표에 따르면 조강원 씨의 전 여친이라 주장하는 강 모 씨는 평소 안면이 있던 도 모 씨를 통해 김 모 씨를 고용해서……(중략)……네트웍플러스는 해당 사건을 〈유죄 추정의 원칙 그리고 그림자〉라는 이름으로 정식으로 서비스를 한다고…….

언론에서 그렇게 상황이 뒤집어지자 바닥으로 떨어지던 조강원의 이미지와 인기는 하늘로 다시 날아올랐다.

"크흑…… 감사합니다. 진짜 감사합니다."

"이 은혜 진짜로 잊지 않겠습니다."

조강원과 사범석은 노형진에게 진심으로 감사를 했다.

아무리 노력해도, 설사 무죄를 받아도 이미지의 손실로 인해 매장이라는 운명을 피할 수 없다고 생각했다.

하지만 다큐로 인해 이제 상황이 아예 바뀌었다.

국내 방송도 아니고 전 세계를 대상으로 한 다큐 덕분에 전 세계의 그 누구도 그를 강간범이라고 생각하지 못하게 된 것이다.

"최선을 다한 거죠."

노형진은 그들을 보면서 미소를 지었다.

"이 은혜, 언젠가는 꼭 갚겠습니다."

"좋은 연기를 하시고 힘든 사람들을 도와주세요. 그게 은혜를 갚는 겁니다."

노형진은 그들을 한참이나 진정시키고 나서야 보낼 수 있었다. 그들이 나가자마자 서세영이 웃으며 서류 하나를 들고 들어왔다.

"어째 쉴 틈이 없냐?"

"오빠 팔자가 그런가 보지, 뭐. 그리고 솔직히 이게 쉬운 상황은 아니잖아?"

"그건 그렇지."

노형진은 입을 삐쭉거리더니 서류를 넘겨받아 한 장씩 넘기며 말했다.

"쉬운 상황은 아니지, 절대로."

이건 스승이 아니다

한국에는 이런 말이 있다, 스승의 그림자도 밟지 않는다는.

하지만 현대에는 그 말이 거의 쓰이지 않는다.

단순히 아이들이 싸가지가 없다는 것만이 문제가 아니다.

선생이 직업이 되고, 직업을 가진 사람들이 부패하면서 스승이라고 할 수도 없는 온갖 쓰레기들이 몰려들기 시작했기 때문이다.

물론 여전히 아이들을 사랑하고 아이들을 위해 희생하는 선생님들이 없는 것은 아니다.

하지만 사회적으로 그런 노력은 도리어 범죄나 특혜로 취급되어 버리다 보니, 그런 선생님들은 노력하고 싶어도 할 수가 없다.

예를 들어 어떤 선생님이 아이들의 생일을 한 달에 한 번 매달 챙겨 준다면, 그 선생님은 아이들을 사랑해서 하는 일이지만 주변에서는 '아이고, 선생님이 아이들을 챙기시네요.'가 아니라 '왜 그 반만 특혜를 주는 겁니까?'라고 의문을 드러낸다.

한 아이의 문제점에 대해 집중하면 특혜가 되고, 아이들의 잘못된 부분을 고치려고 하면 학대가 되는 구조.

반대로 쓰레기들은 아무것도 안 하고 방치하면서 구경만 했을 뿐인데 중립적인 선생님이라고 칭찬받는 구조가 되어 버리자, 대한민국에 선생은 있지만 스승은 없어진 지 오래였다.

"이건 청출어람이라고 해야 하나?"

서세영은 떨떠름하게 말하면서 눈앞에 있는 강성환을 바라보았다.

고등학교 2학년, 삼공고등학교 학생회장.

분명히 전도유망한 학생이다.

그러나 그의 머리는 일반적인 헤어스타일과는 좀 달랐다.

두발 자유화 시대임에도 불구하고 강성환의 머리는 빡빡 밀려 있었으니까.

물론 억울하게 선생님에게 밀린 게 아니다. 본인이 빡빡 민 거다.

하지만 그걸로는 한계가 있었기에 여기까지 온 거다.

"청출어람은 배워서 스승을 뛰어넘는 거지. 그런데 그런

새끼한테 뭘 배워?"

"그치? 이런 건 마땅한 단어가 없네."

"자칭 스승이라는 새끼들이 이런 짓을 할 거라 누가 상상이나 했겠냐? 옛날에는 스승이라면 엄청난 존재였으니까. 이 경우에 맞는 사자성어는 후안무치 정도나 되겠네."

"후안무치라. 그 인간에게 진짜 잘 맞는 말이네요, 변호사님. 그 새끼 막을 방법이 없을까요?"

강성환이 여기에 온 이유는 다름 아닌 이번에 부임한, 아니 복직한 교장 때문이었다.

"그런 놈이 학교로 돌아오는 걸 가만둘 수가 없습니다."

강성환이 다니는 삼공고등학교는 한국대 진학율이 높아 서울에서도 명문고로 유명한 곳이다. 그러다가 3년 전 사건이 하나 터졌다.

바로 교장에 의한 성추행 사건.

심지어 피해자는 학생이었다. 공학이기에 여학생 중에 발생한 것.

"그 후에 상황이 개판된 건 아시죠?"

"알고 있다. 그 당시 사건을 보니까 답이 없는 수준이더만."

교장실에서 면담이라는 핑계하에 성추행이 벌어졌는데, 여학생은 힘이 없는 가난한 집의 아이였다.

누가 봐도 저항하지 못할 아이만 골라서 저지른 것이다.

심지어 피해자가 한두 명도 아니고 무려 다섯 명이나 나왔다.

"그 당시에 선생님들이 부당 해고까지 당했어요."

결국 그중 한 아이가 자기 담임에게 이야기하면서 사건이 알려지기 시작했다.

그러자 그 담임이 교장에게 항의했고, 소문이 나자 피해자들이 나서서 교장을 고발하고 문제 삼기 시작했다는 것.

"그래, 그건 알지."

그래서 정의는 지켜졌을까?

애석하게도 세상은 그렇게 호락호락한 곳이 아니었다.

최소한 그 당시 삼공고등학교에는 정의라는 게 없었다.

교장과 대립하던 선생님 세 명은 결국 부당 해고를 당했다가 얼마 전에야 복직 소송에서 승소해 복직했고, 피해 아동 중 세 명은 전학, 한 명은 자퇴, 한 명만 졸업했다.

검찰과 경찰이 그 사건에 대해 파고들었지만 증거도, 증언도 없다는 이유로 무혐의가 내려왔다.

그저 수사 중에 발생한 뇌물 수수 정도만 처벌이 이루어졌을 뿐이다.

그래서 이사회는 해당 교장을 일단 해임했다.

그런데 3년이 지난 지금, 그 교장이 복직하게 된 것이다.

"그때 저는 없었지만 선배님들에게 들었습니다, 얼마나 힘들게 그 인간을 몰아냈는지."

그리고 그 과정에서 얼마나 크게 싸움이 났는지.

심지어 그 사건은 언론에서도 대서특필했었다.

그런데 그 인간이 돌아왔다.

학생들에게도, 선생님들에게도 억울한 일이다.

그리고 그가 돌아오자마자 한 일은 자신을 고발하고 복직 소송을 통해 3년 만에 돌아온 선생님 세 명을 다시 잘라 버리는 것.

복직한 지 6개월도 안 된 선생님 세 명은 당연히 다시 복직 소송을 시작했고, 강성환은 어떻게 해서든 교장을 막기 위해 학생회와 함께 나섰다.

고 2가 이런 일에 나서는 건 절대 쉬운 일이 아니었지만 여학생들을 바라보는 교장의 노골적인 눈빛이 심상치 않다는 것쯤은 나이 어린 그조차도 느낄 정도였으니까.

"그래서 이렇게까지 했는데……."

박박 밀어 버린 머리를 문지르는 강성환.

"그런데 그다음부터 선생님들이 저를 괴롭히기 시작하더라고요."

분란을 만들지 말라면서 압박하기 시작한 선생님들.

그제야 알았다, 해고당한 세 분도 이런 처지였다는 걸.

"매일같이 불려 가고 매일같이 협박당하고."

학교가 하나 되어서, 항의하는 학생들을 압박하고 피해자들에게 입 닥치라고 협박했다.

"처음에는 학생회에서 같이 시작했던 일입니다만……."

"그런데 남은 게 너뿐이라고?"

"네."

학생회가 하나 되어서 저항하자 학생회 임원인 학생들뿐만 아니라 그 부모들까지 불러서 협박을 했고, 그 바람에 학생회의 임원들이 겁먹고 하나둘 그만두더니 이제 남은 건 자신뿐이라고.

"사실상 지금의 학교는 교장의 왕국입니다."

"흠…….."

"그리고 얼마 전부터 피해자가 발생하는 것 같더라고요."

"피해자?"

"저희 학교 근처에 보육원이 하나 있는데…….."

"하아~."

노형진은 그 말에 한숨이 나왔다.

"무슨 말인지 알겠구나."

보육원 아이들은 저항하기 힘들다. 문제를 일으켜도 지켜 주는 사람이 없으니까.

실제로 보육원 아이들이 학교에서도 주눅이 많이 들어서 지낼 정도다.

"보육원에서 그 아이를 안 지켜 줘?"

듣고 있던 서세영이 어이가 없다는 듯 되물었다.

아무리 그래도 보육원은 아이들을 보호하기 위해 만들어진 곳이 아닌가?

그런데 보육원에서 그 사실을 알면서도 방치한다는 게 이해가 가지 않았다.

하지만 금방 그게 불가능하다는 걸 알 수 있었다.

애초에 보호할 생각도 없었던 거다.

"그게…… 그 보육원도 같은 재단에서 운영하는 곳이라서요."

"뭐? 같은 재단이라고?"

"네."

피해자는 보육원 측과 담임을 비롯한 모두에게 도움을 청했지만 하나같이 거부한 상황.

"그나마 참다 참다 저한테 이야기했는데……."

혼자 남은, 사실상 박살 난 학생회의 회장에게 무슨 힘이 있겠는가?

'하지만 이해는 간다.'

어른은 믿을 수가 없다. 어른은 도와주지 않는다.

그러나 누구에게라도 제발 도움을 받고 싶다.

그 상황에서 끝까지 싸우는 사람이 있다면, 그게 설사 단 한 명뿐이라 해도 도움을 청하게 되는 건 너무 당연한 일.

"그래서 찾아온 겁니다."

정확하게는, 강성환이 돈이 있어서 새론에 찾아온 게 아니다. 대룡에 가난한 사람들에게 법률적 지원을 해 주는 법률지원 시스템을 요청했는데, 그걸 통해 대룡이 노형진에게 사건을 일임한 거다.

척 들어 봐도 절대로 쉬운 사건은 아니니까.

노형진이 워낙 바쁘다는 걸 알지만, 그래서 대룡 법률 지원 센터도 어지간하면 노형진에게 사건을 부탁하지 않지만, 이건 누가 봐도 교장 하나만 두고 싸우는 게 아니라 거대한 재단과 그 지역의 경찰, 검찰을 상대로 싸워야 하는 문제니까.

"그래, 잘 왔다."

노형진은 강성환을 안타깝게 바라보았다.

'회귀 전에 내가 돌아와서 맡은 사건이랑 너무나 비슷하네.'

자신이 학생으로서 지키고자 했던 사건. 그게 벌써 수십 년 전이다.

그런데 학교라는 조직은 바뀐 게 없고, 조직들은 발전한 과학기술을 이용해 더더욱 교묘하게 범죄를 숨기고 있다.

"그런데 부모님이 뭐라고 하지는 않으시던?"

"부모님은 원하는 대로 하라고 하셨어요. 제가 벌써부터 굴복하는 법을 배우는 걸 원하지는 않으신다면서요."

노형진은 그 말에 고개를 끄덕거렸다.

이런 부모님들은 진짜 드문 편이다.

지금 그만둔 임원 아이들의 부모들도 성적 운운하는 말에 겁먹고 아이에게 강요했을 거다.

"넌 그러면 이제 어떤 일을 겪을지 아니?"

서세영도 이 이후의 상황에 대해 예상한 건지 눈을 찡그렸다.

하지만 강성환은 조숙한 건지, 이미 다 안다는 듯 말했다.

"아버지가 말씀해 주셨어요, 전학 가야 할지도 모른다고."

"그런데도 하려고?"

"애초에 전학은 피할 수 없다고 생각했거든요."

"전학을 피할 수 없다고?"

노형진은 고개를 갸웃했다.

전학을 피할 수 없다니?

물론 삼공고등학교 측에서 보면 강성환이 눈에 거슬리는 존재이긴 할 거다.

하지만 전학은 다른 문제다.

더군다나 이야기하는 상황을 보아하니 이 일 이전에 다른 이유가 있었던 모양인데.

"사실은 제가 학생회장이 되면 안 되는 거였거든요."

"학생회장이 되면 안 되는 거였다고?"

"그…… 3학년 선배가 있어요. 그분이 사실상 단독 출마였어요. 그리고……."

"아아~ 무슨 소리인지 알겠다."

노형진은 바로 상황을 이해하고는 혀를 끌끌 찼다.

"네가 그걸 들이받은 거구나?"

"네."

"오빠, 이게 무슨 소리야? 들이받다니? 선거잖아. 3학년을 2학년이 들이받는 게 뭐, 불법이야? 거기다가 학년회장도 아니고 학생회장이잖아."

"이게 말이지…… 질이 좀 안 좋은 학교에서의 문제인데."

고등학교에서 학생회장 같은 자치단체의 리더로 활동하면 대학에 들어갈 때 리더십과 관련된 가산점이 들어간다.

  그런데 그런 리더십 관련 가산점이 적지 않아서, 대학의 등급을 바꿔 버릴 수 있는 수준이다.

  "인서울 정도가 한국대를 노릴 성적이 되는 거지."

  "설마……!"

  "의외로 그런 학교가 많아."

  권력자의 자식에게 그 자리를 줌으로써 좋은 대학에 가게 해 주는 것.

  그런 학교는 엄청나게 많다.

  "애초에 단독 출마였다는 것 자체가 답 나오는 거지. 그런 제도들을 학부모들이 모르겠어? 당연히 노리겠지. 그런데 단독이었다는 건, 학교에서 그런 도전을 커트한다는 거야."

  이미 그 아이가 자리를 받기로 정해져 있었을 거다.

  "네, 맞아요. 저 후보로 접수하러 갔을 때 부모님들 모셔 오라고 하고 장난 아니었어요."

  학교 측에서는 공부와 학업을 들먹이며 강성환의 부모님에게 그냥 공부에 전념시키라고 설득했다.

  "그런데 실제로 원한 건 그게 아니었지."

  혹시나 학생회장 자리를 빼앗길까 두려웠던 것.

  "와 씨, 그럴 거면 학생회장은 왜 뽑는데?"

  "그러니까 그게 문제라니까."

"아니, 그러면 학생회가 멀쩡하게 굴러가기는 해?"

"당연히 안 굴러가지. 그리고 그게 학교가 노리는 또 다른 카드고."

막말로 고 3이 수험 공부를 해야지 학생회장 할 시간이 어디 있나?

그리고 임원들 역시 비슷하게 3학년으로 구성된다.

"그러면 학생회는 그냥 거수기가 되는 거지."

"거수기…… 그러니까 어용 노조 비슷해진다는 거구나."

"맞아."

시키면 시키는 대로 그냥 도장만 찍고 그 후에 학교의 규칙에 따라 굴러간다.

학교 입장에서는 학생회가 아래에서 번잡하게 설치지 않아서 좋고, 권력자들은 자기 자식에게 가산점을 듬뿍 안겨 주니 좋고.

"학생회장이 된 후에도 저보고 사퇴하라고 압박하고 그랬거든요."

"너 학교 측에 밉보인 게 한둘이 아니구나."

"네, 뭐……."

강성환은 멋쩍은지 머리를 긁적거렸다.

"그래서 사실 얼마 전까지만 해도 학생회장을 그만둘까도 생각했어요."

"진짜로?"

"네. 싸워도 의미도 없고, 졸업하면 더는 안 볼 곳이잖아요."

"그렇기는 하지, 보통은."

"그런데 그 피해자 애 얼굴을 보는데, '와, 이건 아니다.' 싶더라고요. 뭐랄까, 내가 여기서 물러나면 이 애는 죽을지도 모른다는 느낌? 아세요?"

"알지."

노형진이 회귀 이후에 학교 측과 싸우고 결국에는 자퇴한 이유가 뭔가?

학교 측과 대립해서 피해자를 구하는 바람에 찍혔기 때문이다.

이번 생에서는 그 당시 피해자였던 윤미영을 구할 수 있었지만 지난 생에서 그녀는 결국 누구의 도움도 받지 못하고 자살을 선택했었다.

그리고 학교 측에서는 학업에 의한 스트레스가 자살의 원인이라며 덮어 버렸다.

당연히 범인은 멀쩡하게 학교에서 선생 노릇을 계속했고 말이다.

노형진이 그 사건을 뒤집지 않았다면 회귀 이후에도 수많은 피해자가 생겨났을 것이다.

"그래서요, 이번 일이 끝나면 싫든 좋든 전학을 가야 할 거예요."

3학년까지 계속 다녀 봐야 생기부에 부정적인 평가만 추가될 테니까.

"너도 엄청 결심했구나."

"네."

노형진은 고개를 끄덕거렸다.

"그러면 이 문제는 내가 해결해 주도록 하마."

그 말에 강성환의 얼굴이 환해졌다.

"감사합니다."

"하지만 전학은 가는 게 좋을 거다."

"어째서요?"

"학교 자체를 시궁창에다 박아 버릴 거거든."

이건 단순 교장과의 문제가 아니라 이사회와의 문제다.

그리고 이런 건 어설프게 해 봐야 바뀌는 게 없었다.

⚖️

"어떻게 부모들이 이걸 그냥 둘 수 있지? 어이가 없네, 진짜."

서세영은 삼공고등학교 자료를 확인하면서 혀를 끌끌 찼다.

3년 전 자료도 부실하기 그지없고, 이번 사건은 아예 수사도 진행되지 않은 상황.

그렇기에 제대로 된 자료를 받아서 판단하는 것 자체가 불가능하다시피 했다.

하지만 강성환이 얻어 온 진술과 이전 졸업생들의 진술을 참고하면 실제로 삼공고등학교가 내부부터 썩었다는 건 부정할 수 없는 사실이었다.

"부모이기 때문에 용납할걸."

"무슨 소리야?"

"부모에게 중요한 건 이 학교가 아이들을 명문대에 얼마나 많이 보내는지 하는 거거든."

학생의 인권이나 학생의 인성을 고민하는 부모님들은 생각보다 많지 않다.

"더군다나 삼공고등학교는 서울에서도 학벌이 세기로 유명한 곳이야."

그런데 그런 곳의 한국대 진학률이 3년 전부터 갑자기 떨어졌다.

매년 수십 명을 한국대에 진학시켰는데, 그해에는 고작 열두 명만을 보냈다.

그리고 그다음에는 여덟 명, 그다음 해에는 세 명.

"성적이 떨어졌다고?"

"애석하게도 인성이 능력을 대변하는 건 아니거든."

인성이 떨어져도 능력이 뛰어나서 좋은 학교에 더 많이 보낸다면 부모에게는 좋은 선생이다.

"피해자는 소수고. 거기다 저항할 수 없는 애들이지. 그런 애들은 솔직히 대학에 가기도 힘든 게 사실이고."

당장 이번 피해자만 해도 보육원에서 생활하고 있다.

다른 아이들처럼 교육에 대한 투자를 받기 어려운 처지이
니 대학에 진학하는 것도 쉽지는 않을 거다.

아마 높은 확률로 대학을 포기하고 취업 전선으로 가게 될
가능성이 크다.

"내 애만 아니면 된다 이거야?"

노형진의 말에 서세영은 어이가 없다는 듯 물었다.

"하지만 그 사람들도 부모잖아! 피해자도 자식 또래의 아
이인데, 불쌍하지도 않은 건가?"

"그래, 보통 사람들은 약자를 보호하고 불쌍한 사람을 도
와주고 싶어 하지."

노형진은 안타깝다는 듯 혀를 끌끌 차며 말했다.

"자신은 눈곱만큼도 손해를 보지 않는 선에서 말이야."

만일 그 당시 부모들이 교장의 문제로 일제히 들고일어났
다면 교장의 복직이 가능했을까?

당연히 아니다.

그가 복직할 수 있었던 건, 부모들의 침묵이 있었기 때문
이다.

"와 씨, 개 같은 놈들."

서세영은 혀를 내두르며 말했다.

"오빠, 이번에는 확실하게 교장뿐만 아니라 재단까지 날
려 버리자."

"나도 그러고 싶은데, 이 재단이 쉬운 놈들이 아니네."

"쉬운 놈들이 아니라고? 오빠 입에서 그런 말이 나올 정도라는 게 놀라운데?"

"그만큼 어렵다는 소리야."

삼공고등학교의 재단인 인덕재단.

이름의 의미는 좋다. 인간의 덕을 쌓아 가는 재단.

"하지만 현실은 재단 부정부패의 거의 끝판왕 수준이네."

인덕재단과 관련된 사건이 한두 개가 아니다.

"그런데도 크게 문제가 된 게 없다는 건 정치권, 경찰 그리고 검찰까지 다 손에 넣고 컨트롤할 수 있다는 뜻이야."

그러니 노형진이 물고 늘어진다 해도 어느 정도 방어가 가능할 거다.

"확실히, 자료를 보면 제대로 처벌받은 게 거의 없네. 일반적으로 재단이 이렇게 힘이 강한가?"

"강하지. 특히 인덕재단은 전국 규모니까."

일반적으로 교육 재단은 그 지역에서만 강력한 힘을 발휘한다. 하지만 인덕재단은 삼공고등학교와 보육원뿐 아니라 중학교 그리고 대학교 두 곳까지 다수 보유한 초대형 재단.

"이런 곳은 거의 100% 권력에 닿아 있거든."

서세영은 고개를 끄덕거렸다.

이제는 그럴 가능성이 높다는 걸 예상할 수 있을 만큼 그녀도 경력이 충분했다.

"그러면 우리가 그놈들하고 싸워야 하겠지만…… 그렇다

고 그 재단을 또 아예 날려 버릴 수는 없는 구조네."

"그렇지."

재단을 날리는 거?

노형진이 작심하고 돈지랄하면 아무리 인덕재단이라 한들 버틸 수 있을까?

당연히 못 버틴다.

하지만 노형진은 그럴 수가 없었다.

"재단이 날아가면 학생들이 피해를 입을 테니까."

대학과 중고등학교가 날아가면 학생들이 학업에 지장을 받는다.

아니, 학교는 그나마 어찌어찌 커버할 수 있다.

재단이 날아가도 국가에서 지원을 하든 뭘 하든, 학교가 그대로 날아가는 것까지 두고 보지는 않을 테니까.

"하지만 보육원 같은 곳은 심각하지."

보육원은 학업 공간이 아니라 생활공간이다.

보육원이 사라지면 그곳에 있던 아이들은 뿔뿔이 흩어져서 다른 보육원으로 가야 한다.

"문제는 아이들이 그걸 싫어한다는 거지."

"나 같아도 싫겠다."

단순히 이사하는 개념이 아니다.

보육원은 그 아이들에게는 집 같은 존재이니, 보육원이 사라진다는 것은 집이 없어지는 것과 같기 때문이다.

"그러니 일단은 교장을 먼저 건드려야 하나?"

"아니, 이번에는 틀렸어."

노형진은 고개를 흔들었다.

"이 경우는 일단 피해자의 보호가 우선이야."

"아, 그렇겠네."

피해자는 분명 교장의 손아귀에 있다.

그리고 교장의 손아귀 아래에 있는 이상, 무슨 짓을 당할지 모를 일이다.

"최선이 지속적인 성범죄 발생이고 최악의 경우가 입막음이겠지."

그걸 막아야 한다.

"일단 삼공고등학교로 가 보자."

현지의 분위기를 봐야 계획을 짤 수 있으니까.

"그리고 학생들과 다른 사람들을 이쪽으로 끌고 올 수 있을지 봐야지."

노형진은 혀를 끌끌 차며 말했다.

⚖

명문고 삼공고등학교.

학교에 도착하자 가장 먼저 보인 것은 다름 아닌 이 휘날리는 플래카드였다.

"명문고는 개뿔."

서세영은 눈을 찌푸리다가 말했다.

"확실히 애들이 뭔가 분위기가 다르기는 하네."

"그렇지? 용케 알았네?"

"오빠보다 내가 더 최근에 학생이었거든?"

"하긴."

아침 7시. 죽은 듯한 얼굴로 학교로 들어가는 아이들의 눈 빛에는 생기도, 기대도 없었다.

친구들과 장난치는 일도 없고, 묵묵히 바닥을 보든가 아니 면 암기장을 손에 든 채 천천히 그리고 힘없이 학교를 향해 걸어갈 뿐이었다.

"0교시는 없어진 줄 알았는데."

"얼마 전에 그거 금지하는 조례를 폐지했잖아. 그리고 이 건 0교시도 아니야. 엄밀하게 말하면 -2교시쯤 되겠네."

0교시란 9시 이전 등교를 의미하는 말이다.

보통 1교시가 아침 9시에 시작되는데 지금 시간은 아침 7시.

강성환의 말에 따르면 아침 7시 20분까지 학교에 나와야 하 는데 9시부터 1교시 수업이라, 그 사이에 남는 1시간 40분간, 즉 대략 2교시 정도를 아침 자습이라는 형태로 강제한다고.

"나도 안 겪어 본 건데."

서세영은 눈에서 총기가 완전히 사라진 아이들을 바라보 면서 혀를 끌끌 찼다.

"저런 애들이라면 우리 쪽으로 끌어들일 수 있을까? 저 애들도 힘들 거 아냐."

"아니야. 절대 못 끌어들여."

"뭐? 저렇게나 힘든데? 편을 안 들어 준다고?"

"다른 세대는 뭐, 저게 안 힘들어서 버틴 줄 알아?"

노형진은 혀를 끌끌 차면서 말했다.

"저런 학교에서 가장 먼저 하는 게 뭐냐면 저항 정신을 꺾는 거야. 규정에 따르지 않을 경우 그 순간부터 패배자가 되는 거지."

아무리 0교시 금지 조례가 폐지되었다지만 요즘 같은 시대에 0교시를 강제하는 조례나 의무화하는 교칙을 만들 수는 없다.

하지만 그 대신에 0교시에 참여하도록 만드는 방법이 있다.

0교시에 참석하지 않는 놈들을 인생 패배자, 인생과 경쟁에서 도망간 루저 취급을 하는 거다.

"그게 먹혀?"

"상대적인 거니까. 솔직히 대부분의 경우는 먹히지."

왜냐하면 부자들은 어차피 0교시를 하든 밤 12시까지 야자를 하든 신경 쓰지 않으니까.

부자들이야 아침에 든든하게 먹여서 보내고 5시에 칼같이 빼서 학원 뺑뺑이 돌리면 그만이기 때문이다.

"하지만 부자가 아닌 집안에서는 그러기가 쉽지 않아."

매달 수백만 원에 달하는 학원비를 감당할 방법도 없고, 아이가 하교한 이후에 컨트롤할 방법도 없다.

평범한 집들은 대부분 맞벌이를 하면서 생계를 유지하는 탓이다.

"공포심을 자극하는 거지."

다른 아이들은 하교한 뒤 학원을 돌면서 공부하는데, 당신 아이는 당구장이나 오락실을 돌면서 비행 청소년이 되어 간다.

"그게 뭔 말도 안 되는 논리야?"

"말도 안 되는 논리지? 그런데 현실이 그래."

아이에게 어떤 재능이 있는지, 그리고 어떤 생각을 하는지에 대해 관심을 갖고 교육을 시키지 않는다.

'통제하지 못하면 비행 청소년이 된다!'라는 프레임으로 아이들을 다그친다.

"그런데 이해가 안 가네. 아무리 그래도 그렇게까지 한다고?"

"돈이 되니까."

"돈?"

"그래. 돈이 되거든. 의외로 저거 돈이 돼."

하교 후에 아이를 학원에 보낼 여력이 안 되면 독서실을 빌려서 자율 학습을 하면 좋겠지만, 아이들이 그렇게 마음대로 되나?

독서실에 가서 자기도 하고, 아예 카드만 찍고 도망가기도 한다.

요즘은 무인 독서실이 늘어나면서 과거처럼 사감 비슷한 애들이 입구를 지키며 학부모에게 '누구 안 왔는데요.'라고 알려 주지도 않는다.

　　"그걸 막겠다고 부모님에게 출입 기록을 문자로 보내는 독서실이 있을 정도니 말 다 했지."

　　"어우야."

　　하지만 그건 찍고 도망가면 그만이다.

　　일단 독서실에 입실 찍고 누군가 나갈 때 묻혀서 슬쩍 같이 나오면 퇴실이 찍히지 않으니까.

　　그럼 나와서 놀다가 시간이 되면 독서실로 돌아가서 퇴실 한번 누르면 그만.

　　"하지만 야자비는 싸거든."

　　노형진은 머리를 긁적거리며 말했다.

　　"오래전 이야기이기는 하지만 나 때 학교에서 야자비로 걷는 돈이 3만 원이었을걸."

　　"오빠는 검정고시잖아."

　　"친구들한테 들은 건 있지."

　　야자비라고 해서, 학교에서 야간 자율 학습을 시켜야 할 때 내는 돈은 한 달 3만 원.

　　한 학년에 백 명만 잡아도 300만 원, 세 개 학년이면 900만 원이다.

　　"생각해 봐. 그러면 거기에서 관리비로 얼마나 남겠어?"

"아아~."

전기세라고 해 봐야 고작해야 수십만 원 정도.

선생님도 돌아가면서 감시하니 야근 수당도 그다지 많이 나가는 게 아니다.

선생님은 한 학년당 한 명만 남아도 충분하다. 기습적으로 가서 출석을 부르기만 하면 되니까.

"그나마 요즘은 애들이 줄어서 한 학년에 백 명이지, 옛날에는 한 학년에 적으면 삼백 명, 많으면 오백 명씩 되고 그랬어. 우리 부모님 세대에는 한 학년에 천 명이 넘는 학교도 있었다더라."

"미쳤네."

그러면 한 달에 4,500만 원이 남는 거다.

전기세고 특근비고 다 빼도, 아무리 못해도 한 달에 3,500만 원 이상은 남았을 거다.

"하지만 학부모 입장에서는 그게 이득이니까."

독서실을 별도로 끊어 주려면 한 달에 15만 원은 들여야 한다. 아이들이 통제된다는 보장도 없고.

거기다 그런 경우는 밥도 사 먹여야 하는데, 요즘 제대로 된 밥 한 끼에 족히 만 원은 하니 주말을 뺀다고 해도 20만 원이다.

"하지만 급식이 나오니까."

물론 석식 급식은 따로 돈을 내야 할 거다.

"돈 놓고 돈 먹기네?"

"내가 그랬잖아, 한국에서 교육이라는 건 욕먹지 않는 사회 산업이라는 가면을 쓴 수익 사업이라고."

어찌 되었건 그 정도 돈이 있으면 로비도 불가능하진 않다.

"그리고 학교와 재단에 이미 그렇게 길들여진 아이들은 대부분 저항하거나 잘못된 것에 대해 지적하는 걸 못해."

심한 경우, 그게 잘못되었다는 것 자체를 인식하지 못하기도 한다.

"하긴, 이번 사건만 봐도……."

강성환은 머리까지 박박 밀어 가면서 전 교장에 대해 반대했지만 다른 학생들은 대부분 '그게 나랑 무슨 상관?'이라는 태도로 일관했다고 한다.

도리어 일부에서는 별난 놈 취급하면서 학교를 시끄럽게 하지 말라고 타박했다고.

"그러면 학생들을 한편으로 끌어들여서 싸우는 건 불가능하겠네."

"그게 문제야. 그럴 수 있었다면 편했을 텐데."

학생들이 나서서 기자회견을 하고 문제 삼기 시작하면 부모들도 딸려 올 수밖에 없다.

왜냐, 부모로서 아이에게 '정의 따위는 없으니까 그냥 시키는 대로 해.'라며 만류할 수는 없으니까.

당연히 겉으로라도 편들어 주는 척하는 부모가 대부분일

거다.

더구나 아이가 공부를 제쳐 두게 만드는 학교를 좋아하는 부모는 없다.

"그러니 자연스럽게 아이들 편에 서서 학교를 압박하게 되지."

아무리 힘이 있는 재단이라도 여론 문제에 학생과 부모까지 그렇게 덤벼든다면, 성범죄를 저지른 전력이 의심되는 교장을 계속 쓰진 못한다.

"그 말은 지금 재단은 저항이 없을 것을 예상하고 교장을 불러들였다는 소리네?"

"정확하게는 간 본 거겠지."

저항이 있을 것 같으면 슬며시 교장을 다시 바꾸면 그만이고, 저항이 없다면 그대로 놔두면 된다.

서세영은 멍하니 등교하는, 죽은 동태눈을 하고 있는 학생들을 바라보다가 물었다.

"그러면 이제 어떻게 하려고?"

"일단은 교장이랑 이야기를 해 봐야지."

자의적으로 사퇴를 설득할 수 있다면 그게 최선이다. 물론 그럴 가능성은 높지 않지만.

"내가 교장을 만나는 동안 넌 해직된 다른 사람들을 만나 봐."

"오빠가 만나러 가지 않고?"

"내 쪽은 교장이 우선이야."

사실 교장에게 잘린 해직 교사들이 이미 관련 자료를 넘긴

상태다.

수년간의 소송에서 수십 건의 자료를 이미 제출했기에 성범죄가 아닌 뇌물 수수로 잠깐이나마 교장을 학교에서 쫓아낼 수 있었던 것이다.

"교장한테서 알아낼 수 있는 건 알아내야지."

노형진은 건물을 바라보면서 쓰게 웃었다.

삼공고등학교의 교장 고공갈은 노형진의 만나자는 요청을 일단 거절하지는 않았다.

아무리 자신이 재단의 총애를 받는다지만 변호사, 그것도 새론의 변호사를 다짜고짜 거부하기에는 부담스러웠으니까.

그리고 자기가 당당하다고 믿는…… 아니, 그렇게 보이고 싶다는 이유도 있었다.

"노형진이라고 합니다."

"고공갈이라고 합니다."

노형진은 악수하다가 그대로 손에 힘을 꽉 줬다.

그리고 그로 인해 고공갈이 당황하자 훅 치고 들어갔다.

"제가 왜 왔는지 아시죠?"

"글쎄요. 제가 너무 억울한 오해를 많이 받아서 말이죠."

'억울은 개뿔.'

노형진은 고공갈을 보면서 눈을 찡그렸다.

고공갈의 생각에서 읽어 낸 더러운 짓이 한둘이 아니었기 때문이다.

'성추행에 뇌물 수수에 횡령에.'

온갖 더러운 짓은 다 하면서 자랑스럽게 교장을 하고 있다니 기가 막혔다.

"오해라고요?"

노형진은 진실을 알았기에 더 이상 잡고 있을 필요가 없어진 손을 놔 버렸다.

더 이상 닿기도 싫을 만큼 더러웠으니까.

"네. 어리고 철모르는 애들이 뭔가 착각하나 본데, 저는 무죄! 받았습니다. 무! 죄!"

한 글자 한 글자에 힘주면서 항변하는 고공갈.

하지만 노형진은 대번에 그 말의 오류를 지적해 줬다.

"혐의 없음이 아니라 증거 불충분이었죠. 그 차이는 큽니다."

혐의 없음은 말 그대로 무죄다.

반면에 증거 불충분은 죄가 의심되기는 하지만 그걸 증명할 방법이 없다는 거다.

'하여간 이놈의 나라 법은 진짜 코에 걸면 코걸이, 귀에 걸면 귀걸이라니까.'

한쪽에서는 유죄 추정의 원칙으로 대판 싸우고 있는데, 다른 한쪽에서는 다수의 증인과 증거를 쥐고도 모른 척 시선을 돌려 버린다.

사실 피해 학생이 다수였고 그 증언도 확실했기에 엄밀하게 말하면 유죄가 나와야 했다.

하지만 경찰과 검찰은 황당하게도 피해자들에게 유죄의 증거를 가져오라고 요구했고, 교장실에는 CCTV 같은 게 없으니 당연히 그런 건 제출할 수가 없었다.

"했다는 증거가 없으면 그건 무죄죠."

'유죄 맞네.'

만일 진짜 무죄라면 증거랑 상관없이 자신은 무죄라 했을 거다.

"설사 무죄라 해도 교장으로서 업무를 수행하는 데에 있어서 스스로 결격사유가 있다는 것 정도는 아실 텐데요?"

어찌어찌 성추행은 증거 불충분을 받았다 해도, 뇌물 수수의 경우는 증거가 너무 명확해서 실제로 처벌받았으니까.

"저는 그에 대해 반성하고 죗값을 치르고 나온 겁니다. 이미 죗값을 치른 사람에게 또 책임을 묻는 건 잔인한 거 아닙니까?"

'죗값은 무슨.'

진짜로 죗값을 치렀다고 생각해서 재단에서 그를 고용했겠는가?

누군가는 교장으로서 재단에 두둑하게 찔러줘야 하는데 보통 교직에 있는 사람들은 그걸 두려워하기 때문에 선택지가 없었던 것뿐일 거다.

모든 교사들이 다 부패한 것도 아니고, 설사 부패했다 해도 촌지로 몇십만 원 받는 것과 뇌물로 수억을 받는 건 다른 이야기다.

'그리고 그 뇌물을 누가 쓰겠어?'

이 고공갈 교장이? 그럴 리가 없다.

물론 그중 일부는 그가 썼을지도 모른다. 하지만 그건 말 그대로 극히 일부에 불과할 것이다.

"사퇴할 생각은 없으시다는 거군요."

"저는 사퇴할 만큼 큰 잘못을 하지는 않았습니다."

그 말을 들은 노형진은 자리에서 일어났다. 알아낼 건 다 알아냈으니까.

"그러면 나중에 어떤 일이 벌어져도 오늘의 선택을 후회하지 마시기 바랍니다."

그 말에 고공갈은 잠시 침묵을 지키더니 이내 부정했다.

"절대로 그럴 일은 없을 겁니다."

"글쎄요?"

노형진은 어깨를 으쓱하며 말했다.

"세상일은 어떻게 될지 모르더라고요."

물론 노형진에게는 세상일이 원하는 대로 흘러가게 할 수 있는 능력이 있었다.

싸우는 자, 도망가는 자

"오빠, 어때? 그놈이 범인 맞아?"

"맞아. 내가 보기에는 확실해."

사무실로 돌아온 노형진은 서세영의 질문에 고개를 끄덕거렸다.

"역시 그러네."

"넌 어때? 뭐 들은 게 있어?"

"별건 없어. 이미 경찰이랑 검찰에 다 진술했다고 하더라고."

"그랬겠지."

이미 교장, 아니 학교와 소송전을 불사하면서 대판 싸우는 상황에서 교장의 범죄를 굳이 감춰 줄 이유 같은 건 없으니까.

"차라리 다른 피해자들을 만나서 이야기해 보는 게 어떨까?"

"의미 없을걸. 지금은 누구도 입을 열지 않을 거야."

"어째서?"

"이미 안 된다는 걸 학습했잖아. 더군다나 이미 졸업해서 학교와의 연도 끊어졌지."

아니, 아예 전학하거나 자퇴한 시점에서 연이 끊어졌다고 봐야 한다.

그런 상황에서 도와 달라고 하면 과연 도와줄까?

"피해자들은 이미 2차 가해를 당한 상황이야. 그리고 2차 가해 경험이 있는 사람은 계속 그 일을 논하는 걸 꺼리게 되지."

"끄응."

실제로 경찰이 성범죄 관련 피해자를 입 닥치게 하는 방법 중 하나가 바로 이런 2차 가해다.

상대방이 질려서 더 이상의 소송을 포기하게끔 만드는 거다.

처음에는 죄가 안 된다, 도리어 무고죄로 처벌받을 수 있다는 말로 겁주다가 그게 안 먹히면 그다음부터는 상대방에게 2차 가해를 가한다.

'그 당시 일을 상세하게 말해 봐.'라고 하면서 몇 번이나 진술을 반복시켜 심리적 충격 주기, 또는 가해자와 대질시키기 같은 방법을 쓰는 거다.

"아니, 그거 규정 위반 아니야?"

"물론 규정 위반이지. 하지만 그거 처벌 주는 것도 경찰이잖아."

"하긴, 그러네."

규정 위반으로 처벌하는 사람은 다름 아닌 경찰이고, 사건을 덮으라고 오더를 내린 것도 경찰이다.

그런데 과연 2차 가해를 한 경찰이 처벌을 받을까?

설사 피해자 측의 변호사들이 항의해도 그 처벌에 관한 내용을 피해자에게 알려 줄 이유는 없으니 적당히 시말서 정도 썼다고 둘러대면 그만.

"그래서 '유죄 추정의 원칙'을 적용하는 건가?"

"뭐가? 아, 성범죄 증명?"

"응. 입증하기가 힘드니까."

"넌 지금 거꾸로 이해한 거야."

"뭐?"

"이건 유죄 추정의 원칙이 없어서 생긴 문제가 아니야. 도리어 정반대지."

위에서 압력이 내려오며 발생한 문제이기도 하지만, 동시에 그간 유죄 추정의 원칙으로 인해 증거나 수사 능력이 박살 나며 발생한 문제이기도 하다.

수사관이 고발한 사람한테는 고발의 증거를 가져오라고 하고 고발당한 사람한테는 무죄의 증거를 가져오라고 한 후에, 그걸 자신이 수사한 것으로 올려 버리면 그만이니까.

"한 가지는 확실하지. 피해자들에게 이제 와서 도와 달라고 하는 건 사실상 또 다른 2차 가해일 뿐이라는 것."

그러니 과거의 피해자들에게 도움을 요청할 수는 없다.

물론 상황에 따라서는 도움을 요청하는 게 아예 불가능한 건 아니다. 때때로 서로 간의 이득이 맞아떨어져서 도움을 주는 건 가능하다.

"하지만 현실적으로 3년 전 사건이야. 그 사건에 대해 피해자가 재진술한다고 해도 현시점에서 경찰이나 학부모가 그걸 진지하게 들을 가능성은 없다고 봐야지."

노형진의 말에 서세영은 한숨을 푹 쉬더니 혹시나 하는 얼굴로 질문을 던졌다.

"그러면 다른 학생들은 어떨까?"

"힘들지."

피해자들도 이제는 입을 다물고 싶어 할 거다. 그런데 다른 학생들이 입을 열까? 그럴 리가 없다.

"3년 전 기록을 봐도 문제가 되는 건 그거였고."

3년 전 성추행 사건 당시에 다른 교사들도 그리고 다른 학생들도, 피해자를 도와주려고 하지 않았다는 증언이 있다.

그러니 이제 와서 도와줄 리가 없다.

"그리고 이제 와서 경찰이 3년 전 사건을 다시 파고들 이유도 없고."

"오빠가 그 재단부터 조지면 안 돼? 솔직히 그러면 편하게 갈 수 있잖아."

"그러면 방향이 전혀 달라져."

"달라진다고?"

"그래."

노형진은 고개를 흔들었다.

"재단을 조질 수야 있지. 그런데 그렇게 되면 반감 때문에라도 도리어 고공갈을 지키려고 할걸."

"음……."

"반대로 내가 고공갈을 내치는 조건으로 협상할 수는 있겠지."

하지만 그건 그저 한순간을 넘어가는 일회성의 협상일 뿐이다.

물론 노형진이나 새론과 싸울 각오를 하면서까지 고공갈을 지키려고 하지는 않겠지만, 이참에 학교를 정상화하고 제대로 운영하려 하지도 않을 거다.

"물론 내가 의뢰받은 건 그저 고공갈을 쳐 내는 거지만 고공갈이 그걸 순순히 수용할 리도 없고."

단순히 고공갈만 자르는 거야 어렵지 않겠지만 노형진의 성격상 고공갈이 그만두는 정도로 사건을 마무리하는 건 용납할 수 없었다.

어떻게 해서든 법의 처벌을 받게 해야 할 텐데, 고공갈은 자기가 해 처먹은 것과 재단을 위해 한 짓거리를 들먹이며 재단을 위협할 거다.

"그러니까 다른 쪽으로 방법을 찾아야지."

"하지만 어떻게?"

"3년 전에는 누구도 돕지 않았잖아. 그런데도 쫓아낼 수 있었지. 아무리 고발되었다지만, 현실적으로 교장을 쫓아낼 수 있었던 이유가 뭘까?"

"응?"

노형진의 말에 서세영은 아차 하는 얼굴이 되었다.

"그러네."

3년 전에도 그리고 지금도, 선생들과 부모들의 반응은 똑같다. 교장을 지키기 위해 최선을 다하는 것.

게다가 그 당시 학생들이 굳이 교장을 쫓아내기 위해 싸웠을 것 같지는 않다.

"성범죄는 증거 불충분이 나왔지. 그래서 어쩔 수 없이 뇌물 수수로 잠깐이나마 끌어냈어."

"그러네."

문제는, 그 세 명의 부당 해고자들은 뇌물 수수로 교장을 고발한 게 아니라는 거다.

"뇌물 수수라는 건 철저하게 내부 정보야. 즉, 그 내부 정보를, 누군가가 건넸다는 거지."

그런데 그에 대해 누구도 이야기하지 않았다.

"이상하지 않아? 경찰은 고공갈의 성추행에 관해 철저하게 덮었어."

그 말은, 처음부터 철저하게 그들 편이었다는 의미다.

그런데 뇌물 수수는 덮지 못했다. 어째서일까?

"누가 고발했는지도 모르고 누가 이야기했는지도 모르는 걸 왜 덮지 못했을까?"

경찰 상부에 누가 투서를 넣어서?

그렇게 해결될 거였다면 성추행이 먼저 터졌을 거다.

그게 아니라면?

"경찰도 섣불리 무시할 수 없는 누군가가 정보를 쥐고 있었다?"

"그래. 그러면 그게 누굴까?"

법원이나 검찰은 아니다. 그러면 남는 건 단 하나뿐이다.

"언론."

"정답."

사학 재단이 언론을 컨트롤하는 건 쉽지 않다. 하지만 돈만 있다면 가능한 일이기도 하다.

그런데 왜 컨트롤이 되지 않았을까?

"그러면 가능성이 제일 높은 건 코리아 타임라인이네."

"그래, 그리고 그걸 추적하는 건 어렵지 않지."

그 당시 코리아 타임라인의 뉴스를 찾아보면 될 일이다.

"누군가 내부의 약점을 쥐고 고공갈을 쓰러트리고 싶어 했던 사람이 있어."

노형진은 눈을 번뜩거렸다.

"그를 찾아야지."

"죄송한데 사주님이라고 해도 말 못 합니다. 배 째세요."

코리아 타임라인.

마이스터 계열사 중 하나라 한국에서 가장 투명하고 가장 정직한 언론이라 불린다.

그게 가능한 이유는 간단하다.

다른 언론사들이 광고로 먹고사는 데 반해 코리아 타임라인은 광고로 인한 수익이 극히 일부이기 때문이다.

그렇기에 '광고주님 충성!'을 외치지도 않고, 당연히 권력의 눈치도 보지 않는다.

그래서 코리아 타임라인은 어느 곳보다 기자들의 자존심이 강하다.

상대가 설사 노형진이라고 할지라도 할 말은 한다는 식이었다.

"자 자, 오해하지 마시고."

"아니, 저한테 제보자를 공개하라는 거잖습니까?"

공가수 기자는 단호하게 선을 그었다.

"제보자는 절대로 기밀입니다."

"릴렉스 하시고. 자, 시원한 물 한잔 드시지요."

노형진은 공가수에게 일단 물을 한잔 마시게 하여 여유를 가지고 숨을 좀 돌리게 한 다음 다시 입을 열었다.

"자, 한 가지 정확하게 이야기하죠. 내가 도움이 필요하다고 말한 건 사실입니다. 하지만 제보자를 공개하라는 뜻은 아닙니다."

"그러면요?"

"그 내부 제보자에게, 카운터를 칠 기회를 줄 테니 손잡자고 전해 달라는 겁니다."

"카운터를 칠 기회?"

"솔직히 말하죠. 3년 전에 왜 내부자가 공 기자에게 정보를 건넸겠습니까?"

"그거야……."

"단순히 뇌물 수수가 문제가 될 것 같아서요? 그런 것치고는 타이밍이 너무 공교롭지 않았습니까? 성추행 사건이 터지고, 그로 인해 사방이 시끄러운 시점이었는데."

"……."

"공 기자, 내가 변호사라서 내부 고발자에 대해 좀 아는데요, 내가 보기에 그 내부 고발자는 그 시점에 내부 비리를 터트리면 고공갈에게 카운터를 칠 수 있지 않을까 하는 생각에 공 기자에게 정보를 준 것 같아요."

그 말에 공가수는 눈을 찡그렸지만 부정하지는 않았다. 실제로 그랬으니까.

"하지만 실패했죠."

문제는 실패했다는 거다.

그리고 고공갈은 뻔뻔하게 복직했고 말이다.

"그 후에 인덕재단에서 내부를 수색하고 공가수 기자한테 소송 걸고 별짓을 다 했을 텐데……."

"절 뒷조사한 겁니까?"

"아뇨. 제가 부패한 놈이라면 어떻게든 그 내부 고발자를 찾아내려고 했을 거거든요."

"하아~ 네. 뭐, 맞습니다."

공가수 기자는 고개를 끄덕거렸다.

그러고는 갈증이 이는 듯 페트병을 아예 통째로 잡고 쭉 들이켰다.

"뭐, 그 후로 소송에 좀 시달렸죠. 다행히 회사에서 지켜 줘서 별문제는 없었습니다만."

'역시나 그랬네.'

인덕재단 측에서는 어떻게 해서든 내부 고발자를 찾아내고 동시에 언론의 입에 재갈을 물려야 했다.

"그러면 보통 방법은 하나뿐이죠."

소송을 통해 상대방을 제압해서, 겁먹고 다시는 입을 열지 못하게 하는 것.

물론 그런다고 해서 코리아 타임라인 기자들이 입을 닥치는 일은 없겠지만, 최소한 시도는 했을 것이다.

"네, 맞습니다."

"그런데 이번에 새론에서 그 인덕재단 사건을 맡게 돼서 말이죠."

"내부 고발자가 혹시나 추가로 고발해 주진 않을까 기대하시는 겁니까?"

"네."

"이미 그쪽에서 찾아내서 잘랐을 수도 있는데요?"

"그랬으면 공가수 기자가 나한테 이렇게 화를 내지 않았겠죠?"

이미 신분이 드러나서 잘렸다면 신분을 묻는 노형진에게 예민하게 굴 리가 없다. 도리어 현 상황을 설명하고 차분하게 도움을 요청했겠지.

"끄응, 사주님에게는 할 말이 없군요."

"엄밀하게 말하면 제가 사주는 아닙니다. 사주는 마이스터죠."

"뭐, 그건 그렇다고 치죠."

공가수 기자는 더 이상 말하지 않고 입술을 깨물었다.

"신분은 말해 줄 필요 없습니다. 다만 그 당시의 상황을 말해 주세요."

"그 당시에……."

잠깐 고민하던 공가수는 조심스럽게 입을 열었다.

"조사해 보니 인덕재단은 멀쩡한 곳이 아니더군요."

은밀하게 그리고 조용하게 온갖 범죄가 저질러지고 있었다.

그리고 그걸 감추기 위해 직원들을 거의 노예 취급하면서 감시하고 있었다.

"그런데 그 범죄라는 게 단순한 뇌물 수수 같은 게 아니었습니다."

직원에 대한 폭행과 협박 그리고 사찰 등, 사학 재단이 아니라 거의 조폭이라고 해도 믿을 수준.

"그 당시에도 고발자가 그 자료를 얻은 건…… 그…… 우연이었습니다."

"우연?"

"네. 그래서 걸리지 않은 겁니다. 만일 담당자였다면 바로 걸렸겠죠."

당연히 기록에 접속한 사람에 대해 인덕재단도 조사했을 거다. 하지만 결국 찾지 못했다.

왜 그랬을까?

"사실 제보된 내용은 뉴스에 나간 것과 달리 사진을 찍은 겁니다."

"사진요?"

"네."

"하지만 저도 그 뉴스는 봤습니다. 엑셀로 작성한 거 아니었나요?"

"그게, 저희가 사진에 찍힌 엑셀 화면을 토대로 똑같이 만든 겁니다. 추적을 피하려고요."

사진을 그대로 내보내면 인덕재단에서 사진이 유출된 걸 알게 될 테고, 자연히 고발자의 신상에 대해서도 알게 될 거다.

그래서 마치 파일이 유출된 것처럼 속이기 위해 고의적으로 사진과 똑같은 형태로 엑셀 파일을 작성해서 언론에 내보낸 것.

"누군가가 엑셀을 켜 두고 자리를 비운 사이에 우연히 찍은 거라고 하더군요."

노형진은 그 말에 잠깐 고민하다가 말했다.

"높은 직급은 아닌가 보군요. 기껏해야 사원, 아니 대리급이려나."

그 말에 순간 공가수의 눈빛이 흔들렸다.

"어떻게 아신 겁니까?"

"아니, 그건 일반 직원이 접근할 수 있는 자료가 아니니까요."

단순히 금액이 좀 이상한 예산 서류 같은 것이 아니었다. 진짜 뇌물 수수 관련된 정보였다.

그걸 과연 일반 직원이 얻을 수가 있을까?

"보통 이런 자료를 얻을 수 있는 사람은 고위직이죠."

과연 사진 찍히는 걸 모를까? 그럴 리가 없다.

아마 인덕재단에서도 CCTV도 돌려 보고 별짓을 다 했을 거다. 그런데 본 사람도, CCTV도 없다면 답은 하나뿐이다. 혼자서 사무실을 쓴다는 것.

"보통 고위직 사무실에는 CCTV가 없으니까."

이런 정보를 볼 수 있으면서 CCTV도 없는 개별 사무실을 가진 사람이라면 고위직일 수밖에 없다.

"평소에는 그곳에 아무나 들어갈 수 없을 테고."

그런데 누군가가 거기에 들어가서 사진을 찍었다.

"우연이라면 아마도 지시받은 단순 업무 같은 것 때문에 들어간 거겠죠. 그렇다면 고위 직원은 아닐 테고."

노형진의 추론에 공가수는 입을 쩍 벌렸다.

"거기다가 범인을 못 잡았다는 건 재단에서도 이 사람은 아닐 거라고 생각했다는 거니까요."

이런 내부 조사는 진짜 범인을 잡는 경우도 많지만, 진짜 범인이 아닌 다른 사람을 잡는 경우도 많다.

범인을 잡지 못하면 윗대가리가 책임져야 하니 아래에다가 책임을 뒤집어씌우기 위함이다.

그런데 그러지도 않았다는 건, 의심스러운 대상이 절대로 그런 짓을 하지 않을 거라는 믿음을 받고 있는 사람이라는 의미다.

"네. 뭐, 맞습니다. 그래서 사진을 조작한 겁니다."

아무리 허드렛일을 담당하는 하위직 직원이라 해도 정확한 날짜에 정확한 시간이 찍힌 사진을 쓰면 바로 걸릴 테니까.

그래서 고의적으로, 훨씬 이전에 유출된 것처럼 조작한 것.

"머리 쓴다고 썼는데. 이거야 원."

공가수는 멋쩍은 듯 고개를 흔들었다.

"그러면 지금은 직급이 좀 되겠군요."

무려 3년 전. 그런데 아직도 그곳에 있다면 아마 고위 직급일 거다.

"네, 지금은 과장으로 알고 있습니다."

"특이한 경우네요."

그 당시에 이미 언론에 제보할 정도로 회사에 혐오감을 느끼고 있던 사람이 아직도 그만두지 않고 꾸역꾸역 버틴다?

"뭐, 상황이…… 아시지 않습니까?"

"아아."

3년 전이면 딱 코넬09바이러스가 터지기 직전이다.

섣불리 그만두면 재취업은커녕 생존조차 불투명해질 수 있던 상황.

그러니 어쩔 수 없이 참으면서 다니고 있었을 거다. 그러다가 승진하고 과장을 달았겠지.

"아직 그분이랑 연락을 주고받으시는 걸 보면, 기회가 되면 내부 고발을 다시 할 생각이신 것 같은데."

그 말에 다시 한번 움찔하는 공가수.

그는 이내 졌다는 듯 피식 웃었다.

"맞습니다."

비록 생계가 달려 있어 그만두지는 못했다지만 그사이에도 내부에서 벌어지는 수많은 범죄의 흔적을 조금씩 모아 왔다고.

"다만 적당한 타이밍을 잡지 못하고 있습니다."

그 당시에도 언론에서 난리가 났던 학생 성추행 사건이다.

그리고 인덕재단은 그걸 깔끔하게 덮을 정도의 힘을 가지고 있었다.

그런 재단을 대상으로 내부 고발을 하려면 진짜 결정적인 순간을 노려야 한다.

"취업지를 보장해 준다고 전해 주세요."

"네?"

"이제 조만간 그 기회가 올 겁니다."

그 말에 공가수의 눈이 커졌다.

"설마?"

"네. 고발을 못 하는 건 결국 대부분 생존의 문제 때문이죠."

하지만 그런 양심적인 사람이라면 다른 곳에서도 적당한 자리를 주는 건 어려운 일이 아니었다.

"다만 이번에는 확실하게 싸워야 할 겁니다."

"알겠습니다."

노형진의 말에 공가수는 고개를 끄덕거렸다.

같은 시각.

노형진과 다르게 인덕재단의 이사장실은 분위기가 그다지 좋지 않았다.

그도 그럴 게, 고공갈의 보고가 너무 심각했기 때문이다.

"뭐? 노형진이라고? 그리고 새론이라고?"

"네, 강성환 그 새끼가 대룡을 끼고 불러왔습니다."

"대…… 대룡? 이런 미친."

삼공고등학교의 재단인 인덕재단의 이사장 김추도는 고공갈의 말에 떨떠름한 얼굴이 되었다.

"이사장님, 이거 위험한 거 맞죠?"

"상대방이 상대방인 만큼 위험하기는 하지. 가도 하필이면 거길……!"

새론과 노형진에 대해서는 모를 수가 없다. 하물며 사학재단을 경영하면서는 더더욱.

심지어 노형진은 이번 정권의 자문 위원이지 않은가?

"새론이야 둘째 치고 대룡은 껄끄러운데."

대룡이 가난하고 힘없는 사람들이 법적으로 손해를 보는 걸 막기 위해 법률 지원 재단을 운영하는 건 알고 있다.

문제는, 단순히 변호사나 변론 비용을 지원하는 데서 끝나지 않는다는 것이다.

사회적으로 정말 심각한 문제고 상대방이 힘이 있을 경우, 아주 드물긴 하나 직접 개입하는 것도 거부하지 않는다.

"망했네."

그리고 이번 사건의 경우는 재수 없으면 대룡이 끼어들 수도 있다.

아무리 인덕재단이 한국에서는 나름 규모가 큰 사학 재단이라지만 대룡을 상대로 싸울 수는 없다.

"어떻게 할까요? 다른 분들에게 연락해 볼까요?"

"미쳤어? 이건 도리어 감춰야 해."

대룡과 노형진을 상대로 싸우겠다고 하면, 과연 자신들과 권력을 공유하는 자들이 함께 싸우려고 할까?

미치지 않고서야 그럴 리가 없다.

"이게 새어 나가는 순간 바로 우리와 손절하고 도리어 우리를 물고 늘어질 거다."

"네에?"

"그렇잖아도 상황이 안 좋은데."

사학 재단은 돈이 된다. 그래서 수십 년 동안 적지 않은 돈을 벌었다.

하지만 인구가 줄어들면서 모든 게 바뀌었다.

옛날처럼 돈이 되는 것도 아니었다. 과거처럼 돈을 마구 쥐여 주는 것도 아니었다.

더군다나 감사 시스템도 점점 빡빡해지고 있었다.

옛날에는 사학 재단을 정부 지원금으로 운영할 수 있었고 학교에서 나오는 수익은 전부 착복해서 매년 수십억 이상을 남길 수 있었으며, 그럼에도 불구하고 좋은 일 한다고 칭찬받았다.

그러나 인구가 줄어 학생 숫자도 줄고 세무감사도 심해지면서, 이제는 옛날처럼 그렇게 돈을 빼돌리는 게 힘들어진 상황이었다.

"우리가 무리하면서까지 야자랑 0교시를 살린 이유가 뭔데?"

그런 돈이라도 슬슬 모아야 할 정도로 지금 재단의 상황이 좋지 않기 때문이다.

돈을 처먹일 곳은 많은데 들어오는 돈은 줄어드니 수익도 줄어들 수밖에.

"그렇잖아도 지금 대학이 위험하단 말이야."

인구가 줄어들면 당연히 학생 수도 줄어든다.

그래서 지금은 대학도 생존이 위험한 상황이다.

정부에서는 부실 대학을 골라낸다고 난리인데, 부실 대학으로 정해지면 정부 지원이 끊어져서 대학을 운영도 못 하게 된다.

학생도 없는데 학자금 대출도 막히니까.

그렇다 보니 부실 대학이 되는 걸 피하기 위해 학교들은 엄청나게 노력한다. 나름대로 자구책을 만들거나 수준을 높이려 하면서.

그리고 인덕재단은 그 해결책으로 뇌물을 주기로 했다.

"그런데 이번에 심사관이 크게 한탕 하려고 한단 말이야. 그렇잖아도 빡빡해 죽겠는데."

정확하게는 심사관이 아니라 교육청의 담당 직원에게 적지 않은 뇌물을 뿌려 왔다.

그런데 이번에 요구하는 돈의 단위가 너무 컸다.

"씨팔, 이해가 가지 않는 건 아닌데."

새로운 정권에서는 개혁 추진을 과거 정권들처럼 말로만 하는 게 아니라 진짜로 가열하게 하고 있다.

원래 정권이 바뀌면 다들 습관적으로 개혁을 외친다.

하지만 그 개혁은 '국민들이 잘살게 하겠다.'나 '나라를 발전시키겠다.' 하는 게 아니다.

오히려 '이전 정권에서 박아 넣은 자리를 다 빼서 우리가 처먹겠다.'에 가까웠다.

그랬기에 예전에는 뇌물 받다가 걸려도 적당히 사표를 내거나 하면 그만이었고, 설사 최악이라 해도 그냥 파면돼서 퇴직금 절반을 날리는 수준에 그쳤다.

그걸 핑계로 내보내는 게 목적이었으니까.

하지만 이제는 달라졌다.

고용된 시기나 정권과 상관없이 일을 잘하면 자리를 유지시켜 주고, 반대로 부패하거나 개인적 이득을 위해 자리를 이용한다면 말 그대로 가차 없이 처벌했다.

송정한은 사범의 피해자는 국민이라며, 해고나 파면을 넘어서 부패 사범에게 국가 명의로 민사소송을 걸라고 명령을 내렸다.

그간은 부패한 것이 재수 없게 걸리더라도 별다른 배상 없이 그만두기만 하면 되었지만, 이제는 걸리는 순간 돈도 토해 내고 별도로 손해배상까지 해야 하다 보니 요구하는 금액이 점점 커지게 된 것.

이제 자신이 이 자리에 있을 시간이 얼마 남지 않았다는 걸 직감적으로 안 직원은 걸리기 전에 그만둘 생각이었던 것이다.

문제는 이게 해 먹을 마지막 기회이니 말 그대로 크게 한 탕 할 생각으로 기존의 다섯 배에 달하는 돈을 요구한 것.

"그거 안 주면 안 됩니까?"

"나도 그러고 싶은데, 그놈이 돈을 안 주면 후임도 소개해 주지 않는다고 하니."

"위험하군요."

후임으로 어떤 인간이 올지는 모르지만 최소한 그 정보를 얻기 위해서는 선임인 현 근무자에게 붙어 있어야 하고, 그가 잘만 소개해 준다면 뇌물이나 기타 사항을 일종의 인수인계로 넘길 수 있는 데다 잘만 구워삶으면 정부의 지원을 계속 받을 수 있다.

당연하게도 소개를 받지 못하면 진짜로 위험해진다.

"그래서요?"

"그래서는 뭘 그래서야. 어떻게 해서든 쥐여 줘야지. 하다 못해 전별금이라도."

김추도는 짜증 난다는 듯 혀를 끌끌 찼다.

"뭐, 그게 못 줄 정도는 아닌데."

그 돈을 못 줄 정도로 이 사업이 완전히 망한 건 아니다.

오랫동안 두둑하게 챙겨 둔 돈도 있고, 그놈들이 모르는 방식으로 돈을 만드는 것도 어려운 일은 아니다.

"문제는 노형진하고 그 새론이라고."

가진 자들 사이에서, 그리고 권력자들 사이에서 노형진의 악명은 자자하다.

한번 목격한 범죄에 대해서는 악착같이 처벌을 받아 내는 인간.

그나마 운이 좋으면 적지 않은 손해를 보는 수준에서 끝나지만, 운이 나쁜 경우에는 인생을 다 갈아 넣어도 이길 수가 없는 위험한 인간.

"이사장님, 그러면 차라리 이참에 강성환을 날려 버리는 건 어떨까요?"

"강성환? 그 개 같은 새끼 말이야?"

"네."

"흠."

인덕재단의 이사장인 김추도도 강성환을 알고 있었다.

이사장이 고작 고등학교 학생회장의 이름을 기억한다는 게 이상한 일이기는 하지만 거기에는 그만한 이유가 있었다.

그 새끼가 내정된 사람을 꺾고 학생회장 자리를 빼앗아 가는 바람에 그가 창피를 당했기 때문이다.

나름 잘나가는 기업 임원의 손주에게 그 자리를 주는 대가로 적지 않은 돈을 받기로 되어 있었다.

하지만 막판에 강성환이 출마해서 결국 학생회장이 되어 버렸고, 그 바람에 그가 창피를 당한 것.

학생회장을 그만두게 하려고 회유도 해 보고 협박도 해 보고 별의별 짓을 다 했지만 뜻대로 되지 않아 기억을 안 할 수가 없었다.

"그래, 그 새끼가 문제였지. 그런데 그 새끼를 어떻게 하자고?"

"이참에 그놈을 아예 커트시켜 버리는 겁니다."

"커트?"

"네."

"좋은 아이디어 있어?"

"그 주규리라는 애 있지 않습니까?"

"쭈구리?"

"아니, 주규리 말입니다. 얼마 전에 그 아버님도 한번 인사하신."

"아아! 얼마 전에 그년?"

주규리. 삼공고등학교의 재학생이다.

그런데 질이 좋은 학생은 아니었다. 폭행에 갈취에, 온갖 문제를 일으키는 아이였다.

사실상 학교에 맞는 아이는 아니었다.

"퇴학시키라고 했잖아."

학업의 물을 흐리는 애들을 데리고 명문 사학이라는 이름을 이어 갈 수는 없다.

그걸 알기에 김추도는 주규리를 퇴학시키라고 했다.

"그 부모가 그러더군요, 제발 퇴학만은 면하게 해 달라고요."

"그래? 그 부모들이 뭐 하는 놈인데?"

아이가 가치가 없다면 부모라도 가치가 있어야 한다. 그게 김추도의 생각이었다.

"둘 다 백수입니다."

"백수? 이해가 안 가는데. 건물주야?"

소유한 건물에서 나오는 돈으로 놀고먹는 사람들은 백수라고 불러서는 안 된다, 자산가라고 불러야지.

그런데 백수라니?

"아니요. 진짜로 백수입니다."

"뭐? 우리 동네에 진짜 백수가 있다고? 이해가 안 가는데?"

삼공고등학교가 위치한 동네가 어떤 동네인가?

서울에서도 학군이 좋기로 유명한 곳이 아닌가?

그런데 백수라니.

"그, 우리 보육원 바로 근처입니다."

"아아~ 거기 말이지. 하긴, 거기라면 이해가 가는군."

인덕재단에서 운영하는 보육원.

정부 지원금을 받기 위해 만든 곳으로, 비상시 땅을 팔아서 자금화하기 위해 쥐고 있는 곳이기도 하다.

기실 그 보육원이 있는 지역은 딱히 비싸다고 할 수는 없었다. 그런데 그 지역의 일부가 애매하게 이쪽 학군에 속해 있다.

"우리 학교가 사학이지만 아쉽게도 자사고는 아니란 말이지."

사학이란 사립학교를 의미한다. 운영 주체는 재단이지만 운영에 관련된 규칙은 정부의 시책을 따른다.

가령 학생들을 원하는 대로 받는 게 아니라 소위 말하는 학군에 따라, 즉 해당 지역 학생들을 받는다.

그에 비해 자사고는 자신들이 원하는 대로 받는다.

실제로 삼공고등학교는 자사고로의 변환을 시도했지만 애석하게도 실패해서 일반 사립고로 남아 있는 상황.

그나마 주변이 나쁘지 않은 학군이라서 괜찮은데 딱 한 곳, 보육원이 있는 일부 지역이 문제였다.

"멍청한 시청 놈들 같으니라고."

원래는 그곳이 빠졌어야 하는데 정부에서 지역에 재단 소속의 보육원이 있으니 배려하는 의미에서 그 주변만 아슬아슬하게 학군에 넣어 준 거다.

인덕재단 입장에서는 고아 새끼들이 들어오는 게 기분 나빴지만 대놓고 거절하면 그림도 이상하고, 어차피 보육원을 운영하면서 애들을 학교에 보내면 그 돈을 내야 하는 것도 사실이기에 일단은 받아 주었다.

"그런데 이상하군. 거기가 아무리 가난한 동네라 해도 그래도 서울인데, 백수라고?"

아무리 그래도 인서울이다. 인서울인데 백수라는 건 이해가 되지 않는다.

부모가 정말로 백수라면 서울에서 버틴다는 것은 사실상 불가능하니까.

"원래는 그곳에 살던 사람이 아니었습니다."

"그러면?"

"우리 학군 소속이 맞았습니다. 그린피아트 아파트에 살았습니다."

"잘살던 놈들인데?"

그린피아트 아파트라면 학군 내에서도 비싸기로 소문난 아파트다. 그런데 거기에서 살다가 백수가 되다니.

"가상 화폐에 투자했다가 전 재산을 날렸답니다."

"아아~."

"그런데, 아시죠?"

"구질구질하게 붙어먹고 있고 싶다 이거네."

"맞습니다."

학군이니 명문 사학이니 하는 건 한국 사회에서 단순히 공부를 잘한다는 문제가 아니다. 소위 인맥을 만들 수 있는 기회다.

요즘은 그 관계라는 게 더더욱 중요해져서, 심지어 명문 유치원이라는 말까지 생기는 판이다.

물론 애들이 유치원에서 미래를 위해 인맥을 쌓는다는 게 아니라 부모들이 인맥을 쌓는다는 뜻이다.

"하긴, 서울에서 아웃 되면 끝이지."

　부자들에게는 부자들의 세계가 있고 빈자들에게는 빈자들의 세계가 있다.

　일부에서는 평등 운운하지만 그건 개소리다. 김추도는 그렇게 생각했다.

"끈은 잡고 있고 싶다……."

"그런 거겠죠."

　여기서 나가면 그들이 갈 수 있는 곳은 어딜까? 당연히 지방일 거다.

　씀씀이를 줄여서 가까운 곳으로 이사한다 해도 경기도권.

　하지만 백수라는 점을 생각하면 더 아래로 내려가야 할 수도 있다.

"그러면 인맥이고 뭐고 다 날아가는 거죠."

"그건 그렇지."

　오죽하면 한국 사람들의 존경을 받는 위인 중 한 명인 정약용조차도 '절대 서울을 벗어나지 마라.'라는 가훈을 남겼겠는가?

　서울 밖으로 나가면 추락이다, 일단 나가면 절대 서울로 돌아올 수 없다.

　그렇게 생각하는 사람들은 생각보다 많고, 김추도 역시 그런 사람이었다.

"그래서 우리 학교에 남아 있게만 해 준다면 뭐든 하겠답니다."

"'뭐든' 말인가?"

"네. 그러니 주규리를 이용해서 날려 버리죠."

"흠……."

확실히 가능성은 있다.

주규리가 학생이라는 점 때문에 더더욱 가능성이 높다. 어찌 되었건 학생은 보호 대상이니까.

물론 강성환도 학생이지만, 일단 학생끼리의 싸움이면 여론은 남자인 강성환에게 불리하게 굴러갈 거다.

"그런데 그년이 하겠어?"

부모가 아무리 절박하다고 해도 고등학생쯤 되면 알 거 다아는 나이라 시킨다고 다 하지 않는다.

더군다나 골치 아픈 문제라라면 더더욱 그럴 거다.

"아, 잘만 설득하면 될 것 같습니다. 걔가 건드린 애가 좀만만한 애가 아니거든요. 새론에 다니는 변호사의 딸입니다."

"뭐? 으하하하!"

그 말에 김추도는 크게 웃었다.

새론이 어떤 곳인가? 학교 폭력 같은 학생 범죄에 가차 없기로 소문난 곳이 아닌가?

학교 폭력을 저지른 아이들을 가차 없이 처단하는 놈들이 바로 새론이다.

그런데 의뢰하러 간 것도 아니고, 새론 변호사의 딸을 건드리다니.

"새론에서 우리를 도와주는 꼴이군, 으하하하!"

"그렇죠, 후후후."

알 거 다 아니까, 지금쯤 새론을 건드렸으니 자기 인생도 조졌다는 걸 알 거다. 그리고 벌벌 떨고 있을 거다.

강한 척 센 척 온갖 문제를 저지르고 다니지만 결국 애새끼들일 뿐이니.

"우리가 적당히 실드를 치고 보호해 준다고 하면 시키는 대로 할 겁니다."

"그래, 진행시켜."

강성환만 사라지면 새론이 끼어들 일은 없어진다.

"일이 재미있군. 새론을 막기 위해 새론을 방패로 쓰다니."

김추도는 지금 상황이 마음에 든다는 듯 씩 웃었다.

총체적 난국

　노형진은 인덕그룹 내부의 배신자와 만났다.

　뭐, 인덕재단 입장에서는 배신자겠지만 노형진 입장에서는 양심적인 사람이었다.

　"노형진이라고 합니다."

　"박형문이라고 합니다."

　안경을 쓴 피곤한 듯한 남자는 인사를 하자마자 눈을 문질렀다. 다크서클이 광대뼈까지 내려온 걸 보니 엄청 피곤한 모양이었다.

　"일이 많으신가 보군요."

　"언제나 사람이 부족하니까요."

　"그렇군요."

하긴, 그렇게 돈에 환장하는 놈들이니 인원을 제대로 충원해 줄 리가 없다.

'아니, 인원이 없다기보다는 쓸 인원이 없는 거겠지.'

뻔하다.

분명 근무자 명단상의 인원은 충분할 거다. 하지만 그들 중 실제로 일하는 사람은 절반이나 될까?

부패한 사학 재단답게 대부분 이름만 올리고 출근도 제대로 하지 않고, 설사 출근하더라도 일은 하지 않고 게임이나 하다가 퇴근하는 놈들일 거다.

문제는, 사학 재단은 인원도 어느 정도 통제되는 곳이라는 거다. 정부에서도 그런 문제를 알기 때문이다.

그래서 정부는 '인원을 제한하면 일할 사람만 뽑겠지.'라고 생각하고 제한한 것이지만, 실제로 재단은 제대로 일할 사람을 뽑는 대신에 회사에 남은 사람에게 일을 몰아주는 방식을 선택했다.

그러다 보니 업무 양이 다른 회사의 두 배씩 되는 판국이라 피곤하지 않을 리가 없었다.

"본격적으로 이야기를 시작하기 전에 하나만 여쭤봐도 됩니까?"

"어떤 게 궁금하십니까?"

"왜 인덕재단을 공격하시려는 건지가 궁금합니다."

절이 싫으면 중이 떠나면 그만이라는 말이 있다.

인덕재단은 좋은 직장이 아니다. 그러면 그만두면 그만이다.

그런데 지금까지 버티면서 공격할 타이밍을 노리는 게 이해가 가지 않았던 것.

"아, 처음부터 그런 건 아니었습니다."

처음에는 열심히 하려고 했다.

하지만 점점 진실을 알게 되자 어쩔 수 없이 정이 뚝뚝 떨어졌던 것.

"저의 어머니는 평생을 선생님으로 지내셨습니다. 그리고 어머니의 영향을 많이 받은 저 역시 선생님이 되고 싶었습니다."

하지만 치열한 경쟁에서 결국 선생님은 되지 못했고, 그래서 차선책으로 사학 재단에라도 입사해서 교육에 헌신하자는 생각을 했던 것.

"그런데 인덕재단은 제가 생각하던 그런 곳이 아니더군요."

물론 사학 재단이 마냥 깨끗할 거라고는 기대도 안 했다.

하지만 선을 넘는 행동에 박형문은 할 말을 잃어버렸다.

"그러면 그만두셨어야지요?"

"처음에는 그러려고 했습니다."

하지만 그만두려고 할 때마다 일이 꼬였다.

처음 그만두려고 했을 때는 어머니가 병에 걸려서 병간호할 사람이 필요했다. 그래서 아내가 맞벌이를 포기하고 병간호를 하기로 했고, 자연히 그는 퇴사할 수 없게 되었다.

"그러다가 어머니가 돌아가셨죠."

그래서 그만두려고 했는데, 때마침 코델09바이러스가 터졌다.

아내는 어머니가 돌아가신 후에 다시 취업하려 했지만 코델09바이러스로 다니던 사람들까지 잘리는 판국에 오랜 시간 일을 하지 않은 아내가 취업하는 건 사실상 불가능했다.

"그래서 또 버티다가 결국 지금에 이른 겁니다."

"이해가 가는군요."

삶의 굴곡이란 그런 거다. 당사자가 원하는 것과 상관없이 전혀 엉뚱한 곳으로 끌고 가기도 한다.

"과장을 달았습니다만 사실 제가 원한 것은 아니었고요."

"무슨 말씀이신지?"

"제 윗분들이 하나둘씩 나가시더군요."

취업을 못 해 곡소리가 나는 세상으로 나이 먹고 나가는 게 위험하다는 걸 알면서도 퇴사하는 윗선이, 박형문은 이해가 가지 않았다. 자기처럼 인내하는 것도 아니니까.

"그런데 과장이 되니까 그 이유를 알겠더군요."

"뭔가요?"

"더는 책임지기 싫으니까 나가는 겁니다. 더 올라가기 위한 방법은 하나뿐입니다."

양심을 버리고 인덕재단의 대표인 김추도 일당에게 충성을 바치는 것.

당연히 그 과정에서 온갖 더러운 짓을 해야 한다.

"그런데 그게 잘못되거나 외부로 새어 나가면 그 책임은 그걸 실행한 당사자가 져야 합니다."

"과장급이라면 확실히 책임자죠."

그러니 과장이 되면 선택해야 한다.

유사시 책임지고 감옥에 갈 것이냐, 아니면 여기서 멈출 것이냐?

"그런데 감옥에 간다고 해서 그놈들이 챙겨 주진 않는다는 거죠."

실제로 그래서 감옥에 간 선배들이 몇몇 있었다.

그러나 그런 그들에게 돌아온 것은 복직이나 보상이 아니라 재단에 손해를 입혔다는 이유로 소송이 걸리고 전 재산을 빼앗기는 것이었다.

그제야 그들은 억울하다고 하소연했지만 누구도 듣지 않았고 아무런 효과도 없었다.

"솔직히 3년 전에는 그냥 욱해서 저지른 겁니다."

그래서 다른 자료를 볼 수 있었음에도 불구하고 굳이 뇌물 관련 자료만 찍은 거다.

"그런데 과장이 되니 알겠더군요."

자신도 여기서 그만두고 나가든가, 아니면 버티다가 감옥에 가는 수밖에 없다는 걸.

"그러면 그 자료는 어디서 찍은 겁니까?"

"부장실에서 찍은 겁니다."

"부장실?"

"말이 부장이지 김추문이라고, 김추도 이사장의 사촌 동생입니다."

하긴, 그 정도는 되어야 그런 기밀 서류에 접근할 수 있었을 거다.

자기들이 나눌 수 있는 수익이 얼마나 되는지 계산하고 있었겠지.

"그래서 이참에 결심하고 나온 거군요."

"네, 맞습니다."

어차피 나가야 한다. 여기서 더 이상 버텨 봐야 좋은 꼴은 못 본다.

때마침 노형진이 연락해 왔으니 더 이상 주저할 필요도 없었다.

아예 모르는 사람이라면 모르겠지만 연락한 공가수 기자는 믿을 만한 사람이고, 노형진이야 유명한 사람이 아니던가?

"그러면 그 자료를 넘겨주실 수 있겠습니까?"

"아직은 아닙니다."

"아직은?"

"제가 얼마 후에 차장을 답니다."

그리고 그렇게 되면 더 은밀한 자료에 접근해서 빼 올 수 있을 거다.

"굳이 그럴 이유까지는 없을 것 같은데요."

"그냥 3년 전에 하지 못한 걸 마무리하고 싶은 것뿐입니다."

"그렇다면 감사합니다."

"다만 한 가지는 미리 말씀을 드려야 할 것 같습니다."

"중요한 겁니까?"

"네. 김추도와 고공갈이 강성환이라는 학생에게 강제 추행을 뒤집어씌우려고 하는 모양이더군요."

그 말에 옆에서 조용히 듣고만 있던 서세영이 깜짝 놀랐다.

"아니, 성환이에게 강제 추행을 뒤집어씌운다고요?"

"네, 주규리라는 학생을 이용할 거라고 합니다. 새론에 그 학생 피해자가 있다고 하던데요."

"아니, 그걸 어떻게 아신 겁니까?"

설마 처음부터 계획을 세워서 그렇게 행동하지는 않았을 테고, 그렇다고 서류로 남기지도 않았을 테니까.

그러자 고민하던 박형문이 목소리를 낮췄다.

"위법인 건 압니다만…… 이사장실 내부에 작은 도청기를 설치해 놨습니다."

"네? 그건 너무 위험한 일입니다."

일단 그게 발각되면 특정되는 건 둘째 치고 형사처벌까지 갈 수밖에 없는 일이다.

"그래서 걸리지 않게 잘해 놨습니다."

"그래도 혹시 모르니까 철수…… 아니, 안 되면 장비를 모두 파기하세요. 혹시 지문이나 머리카락 같은 거 떨어트린

건 아닙니까?"

"아닐 겁니다. 심을 때 장갑도 끼고 있었고, 혹시 몰라서 모자까지 쓰고 있었습니다."

그런 거라면 어느 정도는 안심이기는 하지만 그래도 유전자 같은 게 묻어 있을 수 있다.

"가능하면 회수해서 처분하세요. 그런 건 불법 녹음이라 어차피 법원에서도 못 씁니다."

"아, 그렇습니까?"

"네. 그러니 그건 바로 가서 처분하세요."

"알겠습니다."

"그나저나 어디 가고 싶은 근무처가 있습니까?"

일단 내부 고발자고 도청기를 심을 정도로 부패에 적대적인 사람이라면 믿을 만하기는 하다.

"그…… 괜찮다면 대룡에서 운영하는 학교로 가고 싶습니다. 가능할까요?"

"대룡? 아아~."

대룡에서 운영하는 학교.

지방에서 가출 청소년이나 불우한 청소년들이 다니는 곳으로, 졸업한 후에 자립할 수 있게 해 주고 장기적으로 공장에 노동자로 근무하게 해 주어 상대적으로 낮은 임금과 높은 기술적 안정성을 보장하는 수단이었다.

다른 곳들은 정규직은 수억대 연봉을 받으면서 놀아 재끼고 비정규직은 차별하는 데 반해, 대룡 공장은 그렇게 직접 고용하는 대신에 연봉을 낮췄다.

그렇다고 해서 생활환경이 나쁜 것은 아니다.

집과 식비는 물론, 외부에서 실력 좋은 선생님을 모집해서 아이들의 공부도 지원해 준다.

따라서 연봉은 다른 대기업 직원들의 절반이어도 생활수준은 비슷한 삶을 살아갈 수 있었다.

"그런 곳이라면 가능하죠."

이렇게 양심적인 사람이라면 자리 하나 만드는 건 어려운 일이 아닐 거다.

"잘 부탁드립니다."

"별말씀을요. 자료는 취합해서 조용히 주시면 됩니다. 다만 도청기는 꼭, 바로 파기하세요."

"네, 알겠습니다."

박형문은 고개를 숙여 인사하고 그곳을 떠났다.

그리고 뒤에 남은 서세영과 노형진.

서세영은 박형문이 나가자마자 눈을 찡그리면서 물었다.

"오빠, 이거 무슨 말이야? 아니, 지금 강성환을 조지겠다는 거야?"

"그런 거겠지. 생각해 봐. 강성환이 성범죄로 엮이면 걔가 뭔 말을 하든 결국 세간의 관심은 성범죄로 쏠릴 거야."

"아니, 그게 가능해?"

"가능하지. 무고죄의 함정이 있으니까."

"무고죄는 원래 상대방을 함정에 빠트리는 거잖아."

"그게 아니야. 무고죄의 조건은 '직접'이라는 조건이 붙어야 하거든."

"직접이라니 뭔 소리야?"

"누군가가 그걸 들었다면, 그래서 신고하면 무고죄가 성립되지 않아. 최근에 갈취 사범들이 쓰는 방법이야."

"뭐? 아, 그렇구나."

성범죄는 원래 친고죄였다. 그러나 피해자가 심적인 부담을 감수하면서 신고하기도 어려웠고, 신고 자체가 피해자가 한 일임을 확증해 주는 꼴이기에 성범죄에서 친고죄 조항이 삭제되었다.

"그런데 여기서 문제는, 친고죄가 아니니까 아무나 다 신고해도 된다는 거지."

A라는 사람이 성추행을 당했다고 치자.

A가 이 사실을 B에게 말했는데 B가 이 일로 경찰에 신고하면 무고죄의 대상은 누구일까?

A는 무고죄 대상이 아니다. 자기가 신고한 게 아니니까.

그러면 B는 무고죄 대상일까?

아니다. 그도 그저 들은 걸 신고한 것뿐이니까.

"그래서 최근에 그런 신고가 엄청 늘었어."

만일 A와 B가 짜고 엉뚱한 사람에게 죄를 뒤집어씌우면 무고죄로 처벌할 수 있어야 하는데, 법적으로 막힌 거다.

문제는 피해자가 그걸 알고 A와 B를 무고죄로 고발해도 경찰은 딱히 수사할 생각도 하지 않는다는 거다.

A와 B가 손잡고 무고를 했다는 걸 증명할 방법이 없으니까.

"아니, 어이가 없네. 성범죄는 잘만 유죄 추정의 원칙 운운하더니 또 이런 건 무죄 추정의 원칙이야?"

"그러니까 한국 법이 코에 걸면 코걸이, 귀에 걸면 귀걸이라는 말이 나오는 거지."

노형진은 그렇게 말하면서 턱을 만지작거렸다.

"확실히 문제가 심각하기는 하네."

"그나저나 새론에 우리 피해자가 있다는 게 뭔 소리인지 모르겠네."

"아마도 어떤 변호사의 자녀분이겠지."

"어떻게 확신해? 새론에서 일하는 사람이 한둘이 아닌데."

"어찌 되었건 거기는 더럽게 집값이 비싼 동네잖아. 변호사가 아닌 직원들이 집을 구하기에는 좀 한계가 있거든."

노형진은 눈을 찡그리며 말했다.

"아무래도 알아봐야겠어."

그 피해자라는 사람을 찾는 건 어려운 일이 아니었다.

일단 자택 주소지가 그 지역 학군에 속해 있어야 하고 그 고등학교에 다니는 아이가 있어야 하니까.

그리고 회사에는 인사 기록에 모두 남아 있으니까.

"주규리요?"

조은예 변호사는 주규리라는 이름이 나오자 눈을 찡그렸다.

"혹시 아십니까? 저희 소송과 관련해서 문제가 터질 것 같다는 제보가 들어와서요."

"알죠. 제 딸하고 지금 대판 했으니까. 아니, 하고 있다고 봐야 하나?"

"무슨 일입니까?"

"그 애가 좀…… 싸가지가 없어요."

"단순히 싸가지가 없다고 소송하실 분은 아닌 것 같은데요."

그런 사람이라면 새론에서 버틸 수가 없다. 새론에서 그런 사람이 근속하도록 두지도 않고 말이다.

"학교에서 문제가 많은 아이예요."

원래 그런 아이였지만 딱히 자기 딸하고 친하거나 그런 건 아니고 데면데면하던 사이였다고.

"소위 일진이라는 거군요."

"네, 맞아요."

그렇게 일진 노릇을 했지만 약한 애들만 괴롭힐 뿐 강하거나 부모가 백이 있거나 한 애들은 건드리지 않으면서 학교 내에서 세력을 늘려 왔다고 한다.

"그런데요?"

물론 새론의 변호사라는 게 권력이 될 정도는 아니겠지만 최소한 새론이 학교 폭력에 관해 자비가 없다는 건 널리 알려진 사실이다.

실제로 학교 폭력 피해자들은 아무리 먼 곳에 살아도 새론으로 찾아온다. 다른 곳에서는 대충 합의금이나 좀 받고 퉁치려고 하기 때문이다.

"그런데 그 주규리가 좋아하는 애가 제 딸한테 관심이 있었나 봐요."

하지만 딸 입장에서는 공부를 잘하는 것도, 건실한 것도, 미래가 있는 것도 아닌 양아치들과 어울리는 애를 좋아할 리가 없었기에 선을 그었다는 것.

"아아~ 무슨 소리인지 알겠습니다."

여자들의 질투심은 때로 선을 넘게 만든다.

남자의 마음을 받아 주고 안 받아 주고를 떠나서, 그 남자가 관심을 줬다는 것 자체를 용납하지 못하고 길길이 날뛰는 거다.

옛날에는 자기가 좋아하는 남자 연예인과 사진을 찍었다는 이유로 고양이를 죽여서 목을 잘라 보내는 미친년들도 있었으니까.

그들은 추억이니 뭐니 하면서 하하 호호 웃겠지만 그 당시 피해자인 여자 연예인은 그로 인해 정신과 약을 먹으며 치료를 받아야 했다.

"그래서요?"

"패거리를 끌고 와서 제 딸을 두들겨 팼어요."

제 딴에는 눈깔이 돌아가서 한 짓이겠지만 엄마 입장에서
도 눈깔이 돌아갈 일이다.

"그렇잖아도 질이 좋지 않은 아이라는 건 알고 있었지만……."

하지만 의뢰도 받지 않은 상황에서 학교에 분란을 일으킬
수 없어서 참고 있었던 것뿐이다. 그런데 먼저 건드렸으니
이제 참을 이유도 없다.

"그런데 소송하면서 알아보니까 얘가 거짓말을 하고 있더
라고요. 아니, 거짓말이라고 하기엔 뭐한데……."

"거짓말?"

"네."

잘사는 줄 알았더니 부모가 사정이 안 좋았던 것.

"그래서 조지려고 하신 거군요."

"그건 또 아니고요."

"그건 아니라고요?"

"여자들의 세계가……."

노형진은 이해가 안 간다는 듯 고개를 갸웃했다.

알 게 뭔가? 의뢰를 받았으면 상대방을 조져 놔야지.

하물며 자식을 건드렸다? 그것도 저쪽이 선빵?

그러면 무조건 박살 낼 거다.

"모성애라고, 모성애."

그런 노형진의 생각을 안 건지 서세영이 혀를 끌끌 찼다.

"모성애?"

"흔한 거잖아, 잘살던 집이 망하면 애가 엇나가는 거. 거기다 패거리가 왜 붙어 있겠어? 다 뜯어먹을 게 있을 거라 생각해서 붙는 거잖아. 학생이라고 별다를 것 같아? 그런 양아치 새끼들이야 뻔하지."

"하긴."

그런데 개털이라는 걸 알게 되는 순간 왕따 가해자에서 도리어 왕따 피해자가 되어 버린다.

"여자들 사이에서는 종종 있는 일이죠."

"남자들은 그런 게 보통 없지."

왜냐하면 그런 분위기를 느끼는 순간 기존 가해자였던 놈이 눈깔이 돌아가서 싸움을 걸기 때문이다.

심한 경우 칼로 찌르려고 덤비는 놈도 있다.

왕따의 철칙 중 하나가 저항할 줄 아는 애는 건드리지 않는다는 거다.

"그런데 여자들은 그게 아니거든."

여자들의 왕따는 폭력을 동반하기보다는 심리적 방법으로 압박하는 경우가 대부분이다.

그래서 더 집요하고 잔인한 부분도 있다.

남자들 사이에서는 일진에서 퇴출되면 그냥 공기 취급이

지만 여자들의 경우에는 역으로 왕따의 피해자가 되는 경우가 생각보다 많다는 것.

"와우~."

노형진은 그것까지는 몰랐기에 혀를 내둘렀다.

"뭐, 그래서 적당히 하려고 했죠. 전학시키는 선에서요."

"뭐, 그 정도면 적당하군요."

어차피 주규리는 삼공고등학교에 더는 못 다닌다.

조은예 변호사가 조지려고 해서가 아니라, 이미 왕따의 대상이 되었기 때문이다.

"그런데 그 아이가 어떤 일로 엮였다는 건지 모르겠네요."

"그게 사실은……."

노형진은 지금 삼공고등학교 사건과 강성환의 상황을 이야기해 줬다. 그러자 조은예가 눈을 찡그렸다.

"그 부모들이라면 그러고도 남을걸요."

"부모를 만나 보셨습니까?"

"만났죠. 그런데 말이 안 통해요."

"사과를 안 해요?"

"아뇨. 형식적인 사과는 했죠."

자신들은 힘을 잃었고 주규리는 전학당할 상황이고 선빵 친 것도 주규리인 만큼, 사과하지 않고서는 버틸 수는 없었을 거다.

"그런데요?"

"하지만 전학만큼은 안 된다는 입장이더라고요. 무슨 일이 있어도 그건 안 된다고."

"얼씨구? 대충 이해가 가기는 하네요."

학군이 얼마나 중요한지 아는 사람들 입장에서는 그곳을 떠나는 게 인생을 시궁창으로 처박는 행위로 느껴졌겠지.

"거기서 전학할 경우 가능한 학교는 거리상 세 곳이 있는데……."

"생각보다 많네요?"

"네. 문제는 말이 세 곳이지 사실상 전학할 수 있는 곳은 한 곳이라는 거예요."

한 곳은 삼공고등학교와 비견될 정도로 유명한 명문 사학이다. 거기에서 학교 폭력을 저지르고 전학을 온 애를 받아 줄 가능성은 높지 않다.

다른 한 곳은 하필이면 자율형 사립고다. 일반 학생도 못 가서 난리인 학교가 학교 폭력, 그것도 망한 집 애를 받아 준다? 그럴 리가 없다.

"그러니 남은 곳은 하나뿐이죠."

상대적으로 낙후된 곳에 위치한 국립고등학교.

"국립이라……."

물론 그곳이 안 좋은 학교라거나 똥통이라는 뜻은 아니다.

하지만 상대적으로 가난한 아이들이 다니는 곳이고, 실제로 딱히 인맥이나 미래라고 할 만한 걸 쌓을 수 있는 곳도 아니다.

전국 어디에나 있는 평범한 고등학교일 뿐이니까.

"그러니까 무슨 일이 있어도 전학은 안 된다고 하더라고요."

"상황은 설명해 줬습니까?"

"해 줬죠."

조지려고 하는 게 아니라, 지금 당신 딸이 당하는 상황을 생각해라.

"그런데도 전학은 안 된다라…….'"

자식이 어떻게 되든 상관없다는 소리다.

"도리어 하는 소리가 가관이던데요."

"뭔데요?"

"내 딸이 피해자인데, 가해자가 전학을 가야지 왜 피해자가 전학을 가느냐고."

"거참, 개소리도 참 상큼하게 하는 집안이네."

서세영은 그 말이 어이가 없어서 말했다.

애초에 이 모든 게 주규리가 선공을 해서 벌어진 일이 아닌가?

"감사합니다. 혹시 필요한 정보가 있으면 말씀드리겠습니다."

"네, 그러면 이만."

조은예가 자리를 뜨자 노형진은 황당한 표정으로 중얼거렸다.

"뭐 이렇게 개같이 꼬이기 시작하냐?"

노형진은 자신도 모르게 머리를 벅벅 긁을 수밖에 없었다.

"이게 바로 총체적 난국인가 싶다."

노형진은 일단 바로 강성환을 불렀다. 당사자가 알아야 하는 일이니까.

그리고 강성환의 부모님도 함께 불렀다.

"그러니까 제 아들한테 그런 짓을 한다고요?"

"네."

강성환의 아버지인 강우찬은 기가 막혀서 다시 확인하듯 물었다.

"어이가 없군요, 그렇게까지 해야 한다니. 아니, 교장만 바꾸면 될 일 아닙니까?"

"그러기가 싫은 거죠."

"그래서 앞날이 창창한 두 아이의 미래를 박살 내요? 아니, 두 아이도 아니죠."

강성환뿐만 아니라 주규리도 학교를 제대로 다니기 힘들게 되겠지만, 교장에게 성추행당하고 있는 다른 피해 아동도 있으니 그걸 가만둘 수는 없다.

"어떻게 하시겠습니까?"

"그건 제가 결정할 게 아니죠."

그런데 의외로 강우찬은 강성환을 바라보았다.

"넌 어쩌고 싶냐?"

"저요?"

"그래. 네가 학교 회장에 출마한다고 했을 때 내가 그랬지? 너도 이제 책임이라는 게 뭔지 알아야 한다고."

"그런 말을 하시긴 했었죠."

"넌 학생회장이고, 네가 하고 있는 일의 책임이란 이런 거다. 아빠는 네가 하고자 하는 일에 대해 조언해 줄 수는 있지만 그건 말 그대로 조언일 뿐이야. 선택은 네가 하는 거다."

노형진은 그런 강우찬을 신기하다는 듯 바라보았다.

"왜 그러세요?"

"아니, 보통은 그렇게 안 하잖습니까? 어떻게든 말리려고 들 하시던데요."

"뭐, 자식새끼들이 말린다고 말려집니까? 저도 안 되었는데."

"네?"

"아, 제가 그 로빈후드라는 게임 회사를 운영 중입니다."

"아, 로빈후드!"

"네."

한창 잘나가는, 높은 성장세를 보이는 게임 회사로, 도박에 가까운 게임을 출시하는 기존의 한국 게임 회사들과 많이 다르다는 이야기를 듣고 있었다.

"제가 어릴 적에 게임할 때마다 아버지한테 너 그러다가 인생 조진다고 두들겨 맞고 그랬거든요. 그런데 보세요."

죽어라 게임을 했고 결국 게임 회사 사장이 되었다.

"부모는 조언해 주거나 도와주거나 할 수도 있고 이게 영 아니다 싶으면 말릴 수도 있지만, 그로 인한 책임을 부모가 다 질 수는 없더라고요."

"하긴, 그건 그렇죠."

대표적인 예가 바로 청소년 보호법과 소년법이다.

많은 사람들이 청소년 보호법을 욕하는데, 사실 청소년 보호법은 말 그대로 청소년을 유해한 상품이나 물건에서 '보호하는' 법이다.

그러니 엄밀하게 말하면 욕하는 대상은 죄를 저지른 소년에게 적용되는 법인 소년법이어야 한다.

문제는 이 소년법의 가장 큰 문제가 청소년의 선처에만 맞춰져 있다 보니 애들이 자기가 저지른 일에 대한 책임감 자체를 느끼지 못한다는 거다.

자기는 소년법이 보호하는 대상이니까 뭘 해도 처벌받지 않는다는 걸 알고, 그러다가 결국 대형 범죄를 저지르는 것이다.

"만일 아드님이 싸운다고 하면요?"

"변호사를 고용해서 같이 싸워야죠."

"안 싸운다고 하면요?"

"나가서 전학할 학교부터 찾아야죠."

간단하지만 확실한 선택.

노형진은 시선을 돌려 강성환을 바라보았다. 그러나 이미 강성환은 마음을 굳힌 얼굴이었다.

"당연히 싸워야죠. 애초에 성추행 따위를 저지르는 교장이니 자기 살겠다고 절 퇴학시키기 위해 뭔가 할 거라고는 생각했어요."

"생각했다고?"

"네. 저라면 그럴 것 같았거든요. 다만 성추행은 의외이기는 한데……."

"너 진짜 똑똑하구나."

노형진은 인정할 수밖에 없었다.

하긴, 이런 성격이니까 교장을 쫓아내겠다고 학생회장으로서 반기를 들 수도 있었을 거다.

"그래서 대응할 방법이……."

"그건 내가 알아서 해야지, 인마."

아무리 단단한 심지를 가진 아이라고 해도 그런 방법까지 만들 수는 없다.

"그나저나 너는 주규리에 대해 어떻게 생각해?"

"다른 반이라서 잘 모르지만, 답이 없어요."

"답이 없다? 뭐 불쌍하거나 그런 게 아니고?"

"요즘 당하는 꼴을 보면 불쌍하기는 한데, 자업자득이라는 생각이 더 강해요, 솔직히."

지금이야 망해서 힘이 없어지니까 한때 같은 패거리였던 놈들에게 도리어 물어뜯기고 있는 상황이지만, 그렇다고 해서 주규리가 과거에 저질렀던 범죄가 사라지는 건 아니다.

"오빠, 설마 협상으로 봐줄 테니까 하지 말아라 그러려는 건 아니지?"

서세영이 왠지 불안하다는 듯 물었다. 하지만 노형진은 고개를 흔들었다.

"아니, 그럴 리가 있나."

그럴 리가 없다. 바보도 아니고 그런 짓을 왜 한단 말인가?

더군다나 이 사건의 피해자는 같은 새론의 변호사인 조은예 변호사다. 자신이 나서서 용서해라 마라 떠드는 건 월권이고, 해서도 안 되는 말이다.

"물론 한순간의 방탕한 실수라면 용서받을 수도 있겠지."

노형진의 말에 강성환은 고개를 흔들었다.

"걘 한순간의 방탕한 실수 같은 게 아니에요."

"아니라고?"

"가난한 애들을 얼마나 괴롭혔는데요. 특히 보육원 애들을 아주 집요하게 괴롭혔어요."

"집에 돈이 많았나 보네?"

"네. 아버지가 무슨 가상 화폐? 뭐 그런 걸로 돈을 엄청 벌었다고."

"아아~."

노형진이 한번 뒤흔들었지만 그럼에도 불구하고 가상 화폐는 어떻게 통제할 수가 없는 수준으로 널뛰기를 하면서 여전히 잘 팔리고 있었다.

　물론 과거에 비해 가격이 떨어진 건 사실이지만 그래도 여전히 투기 대상으로 잘나가고 있다.

　아직까지는 말이다.

　"그런데 그걸 하다가 망했다고? 아예 망할 정도로 돈이 많이 날아갔나?"

　"그것보다 더할걸요."

　"더해?"

　"그 투자회사가 망했다던가? 아, 그 뭐였더라. 전에 분명히 들었는데."

　노형진은 그 순간 기억나는 게 있었다.

　그의 예상대로라면 그곳은 안 망할 수가 없었다.

　"혹시 그 회사라는 데가 혹시 글로벌 센세이션 아니야?"

　"아, 맞아요. 그런데 가상 화폐에 투자한 회사가 망했다고 자기네들까지 왜 망한 건지는 모르겠네요."

　"그거라면 망할 만하지."

　글로벌 센세이션은 한국의 제법 커다란, 아니 커다랬던 가상 화폐 기업이었다.

　그곳을 통해 가상 화폐의 중개와 거래를 한 사람들이 수만 명이 넘었고 나름 잘나갔다.

"글로벌 센세이션이라면 거기 아니야? 해킹당해서 가상 화폐 싹 다 날린?"

"헐, 그랬어요?"

"그래, 그거 때문에 난리였잖아. 하긴, 학생들은 잘 모르겠구나."

가상 화폐는 보안이 생명이다.

애초에 가상 화폐는 철저한 보안을 통해 그 가치를 보전하는 게 기본이다.

하지만 한국은 유독 보안에 대해 신경 쓰지 않는다.

보안에 쓰는 돈은 허공에 날리는 돈이라고 생각하는 사람들이 엄청나게 많고, 글로벌 센세이션도 그런 회사 중 하나였다.

결국 해킹으로 가상 화폐를 다 털리고 회사는 망했다.

사장은 해외로 도피하려고 했지만 그에게 투자한 사람들 중에 권력 좀 쥐고 방귀 좀 뀌는 자들이 제법 되어서 결국 공항에서 체포되어 지금은 교도소에 갇혀 있다.

"이해가 가네."

가상 화폐 3천만 원짜리가 떨어져서 1천만 원이 된 거라면 재산이 3분의 1로 줄어들기야 하겠지만 그래도 아예 제로는 아니다.

돈 좀 있다고 목에 힘주고 살았다고 하니 적잖이 있었을 거다.

그런데 이 회사는 해킹당해서 가상 화폐를 모조리 털렸으니 그냥 바로 제로가 되어 버린 거다.

배상해 줘야 하는 글로벌 센세이션은 망했고, 설사 돈이 남아 있다 해도 권력자들이 먼저 다 가져가지, 그냥 투자 좀 하던 돈 좀 있는 사람들은 안중에도 없을 테니 당연히 주규리의 부모는 망할 수밖에 없었을 거다.

"뭐, 일단 알았다."

"오빠, 그런데 그걸 왜?"

"지금 성환이 말을 들어 봐. 아예 답이 없는 수준이라고 했잖아."

"그랬지."

조은예 변호사도 평소에는 답 없던 년이 망해서 쭈구리가 된 걸 보니 약간의 동정심이 생긴다는 정도였지, 다시 기회를 줄 만한 아이는 아니라고 했다.

"그러면 그 아이가 말이야, 과연 지금까지 학교에서 어떻게 버텼겠어?"

"어…… 잠깐, 그러네?"

이렇게나 문제를 일으키던 아이를 학교에서는 어째서 놔뒀을까?

"알면서도 보호했다? 그건가?"

"그랬겠지."

돈이 있으니까.

하지만 이제는 돈이 없어서 날려 버려도 그만이니 슬슬 이
용하고 버릴 생각을 하는 것이리라.

"그걸 이용해서 선빵을 쳐야지."

"어떻게?"

그 말에 노형진은 강성환을 바라보았다.

"뭐긴 뭐겠어? 고발이지."

노형진은 자신 있게 말했다.

"시선 돌리는 거? 그다지 어렵지도 않잖아, 후후후."

엎치락뒤치락

　고공갈과 김추도가 강성환을 커트하기 위해 주규리와 그 가족을 설득하는 것은 시간이 좀 걸릴 수밖에 없는 일이었다. 그랬기에 노형진은 선공을 때릴 수 있었다.

　"이번 삼공고등학교에서 벌어진 학교 폭력 사태를, 저희 새론에서는 절대로 좌시하지 않을 것입니다."

　학교 폭력의 저승사자라고 불리는 새론의 발표에 언론에서는 다들 관심을 가지지 않을 수가 없었다.

　더군다나 새론에는 워낙 많은 수의 학교 폭력 사건이 몰려들기에 이런 식으로 기자회견을 하는 경우는 더욱이 없었다.

　"왜 굳이 기자회견을 하는 거죠?"

　학교 폭력과 관련해서 굳이 새론이 기자회견을 한다는 것은 사회적으로 공분을 일으킬 요소가 있어 철저하게 상대방을 파멸시키겠다는 선전포고나 다름없었다.

당연하게도 그런 행동을 단순히 개인이나 소수의 사람들을 위해 하지는 않는다.

그렇게 하지 않아도 그 정도 힘은 가지고 있으니까.

그 말인즉슨, 언론이라는 무기도 필요하다는 뜻이며, 학교폭력과 연관된 대상의 파워가 생각보다 강하다는 걸 의미했다.

"이번 사건은 보육원에서 자라는 아이들을 지키기 위해 시작되는 소송입니다."

"보육원?"

"고아들을 대상으로 한다고?"

그 말에 다들 고개를 갸웃했다.

"누군가가 그 아이들을 괴롭히고 있단 말입니까?"

"그렇습니다."

고아들을 괴롭힌다는 말에 기자들은 눈을 찡그렸다.

실제로 고아들을 상대로 학교 내부에서 알게 모르게 왕따가 이루어지는 경우가 있으니까.

상대적으로 스스로를 지킬 힘이 없는 아이들인 데다가, 아무래도 그 보호자라는 사람들은 이런 문제가 터지면 일을 덮으려고 하지 정작 피해자인 아이들을 보호하려고는 하지 않기 때문이다.

"삼공고등학교는 원성보육원 아이들에 대해 심각한 학교

폭력이 이루어지고 있는 상황을 알면서도 수년간 방치하고 가해자를 보호하고 있었습니다."

"삼공고등학교? 어디서 들어 본 것 같은데."

"그거 몇 년 전의 거기 아니야? 그, 교장이 학생을 성추행해서 난리가 났던."

"아, 맞다."

다들 기억한다는 듯 고개를 끄덕거렸다.

"다들 기억하시니 이야기가 편해지겠군요. 그 학교의 현재 교장이 당시의 그 교장입니다."

"네?"

"그게 무슨 말이죠?"

노형진의 말에 다들 흠칫했다.

그 당시에 교장직에서 물러난다는 뉴스가 보도된 것을 기억하고 있었던 탓이다.

"그 후에 소리 소문 없이 복직했죠."

"소리 소문 없이 복직했다고요?"

"네, 그리고 때마침 이 문제가 터졌고요."

"이거…… 잠깐……."

그때 기자 중 한 명이 심각한 얼굴로 중얼거렸다.

그의 손에는 핸드폰이 들려 있었는데, 어느 틈엔가 삼공고등학교 뉴스가 올라와 있었다.

"그 교장 말이야, 그 성추행과 관련해서는 증거 불충분이 나왔는데?"

"뭐? 그러면 왜 그만둔 거야?"

"뇌물 수수 혐의야."

"뇌물 수수 혐의?"

"그래."

그 말에 일부 기자들이 눈을 반짝거렸다.

뇌물을 받은 교장의 조용한 복직, 학교 폭력의 발생, 그리고 덮이는 사건.

이 모든 걸 종합하면 한 가지 그림이 그려졌으니까.

"설마 새론에서는 학교에서 뇌물을 받고 사건을 덮었다고 생각하시는 겁니까?"

"모르죠. 확신할 수는 없습니다."

확신할 수는 없다.

하지만 확신을 하지 않아도 이 정도면 의심스러울 수밖에 없는 상황이다.

"이거 어느 틈에 복직한 거지?"

"그러니까."

이리저리 찾아보는 기자들.

하지만 문제가 될 걸 빤히 아는 재단에서 그걸 언론에 제보하겠는가? 당연히 복직 시기는 나오지 않을 거다.

'그리고 이게 참 재미있는 거란 말이지.'

엄밀하게 말하면 주규리 사건은 고공갈과는 관련이 없다.

주규리는 고공갈이 복직하기 전부터 학교에 다니고 있었으니까.

그러나 복직 시기를 알 수가 없으니 고공갈 교장이 복직한 뒤 버릇대로 뇌물을 받고 사건을 무마한 것으로 볼 수밖에 없었다.

"그러면 이 사건은 피해자 쪽 보육원에서 의뢰한 겁니까?"

"아닙니다. 이걸 의뢰한 사람은 삼공고등학교의 학생회장인 강성환 군입니다."

"학생회장? 학생회장이 왜?"

다들 그 말에 고개를 갸웃했다.

고아라고 해서 법적인 보호자가 없는 게 아니다. 상식적으로 이런 경우는 보육원에서 아이들을 보호하기 위해 나서야 한다.

그런데 왜 갑자기 학생회장이 나선단 말인가?

"왜냐하면 삼공고등학교와 원성보육원은 같은 재단 산하 단체이기 때문입니다."

"뭐라고요?"

"그러니까 같은 재단에서 관리한다는 겁니까?"

"그렇습니다. 분명 피해자들은 원성보육원 소속입니다. 하지만 원성보육원은 가해자들을 지키고자 하는 삼공고등학교와 같은 재단 소속이죠. 그렇다면 재단에서는 과연 보육원에 있는 가난한 고아들을 지키려고 할까요? 또, 원성보육원에서 과연 아이들을 위해 자신들의 주인에게 소송을 걸 수 있을까요?"

"왜 학교 폭력으로 기자회견을 하나 했더니……."

같은 재단 소속이라면 절대로 사건을 터트리려 하지 않을 거다. 도리어 어떻게 해서든 사건을 덮으려고 발악할 거다.

"강성환 학생은 그 사태를 알기에 수차례 학교에 항의하고 해결 방법을 찾으려고 했으나 학교에서는 강성환 학생을 학생회장에서 쫓아내고 나아가 강제로 전학시키기 위해 온갖 수작을 부렸습니다."

노형진의 말에 기자들의 손이 점점 빨라지기 시작했다. 이건 뉴스거리가 되니까.

누구나 분노할 수밖에 없는 이야기가 아닌가?

"삼공고등학교는 명문 사학입니다. 수많은 학생들이 다니고 있고, 해마다 한국대에 많은 학생들을 진학시켰다고 자랑하기도 했죠. 하지만 그들은 잔인합니다. 약자를 유린하고 그들을 착취하는 법을 가르치고 있습니다. 도리어 그들을 보호하려는 학생들의 대표를 잘라 내고 쫓아내려 하고 있습니다. 이것은 정상적인 상황이라고 볼 수 없기에 저희가 이렇게 직접 나서서 기자회견을 할 수밖에 없었던 것입니다."

물론 처음에 강성환이 새론을 찾아온 이유는 교장인 고공갈을 잘라 내기 위해서였다. 그렇지만 굳이 콕 집어 그것만 할 이유는 없다.

고공갈을 쫓아내고 학교를 정상화할 수만 있다면 어떤 방법을 써도 상관없다는 의미니까.

"그러면 가해자는…….."

"죄송합니다만 가해자는 공개할 수 없습니다."

"어째서요? 왜요? 설마 가해자가 학생이라 보호해야 한다고 생각하시는 겁니까? 설마 이제 와서요?"

"저희는 얼마 전까지만 해도 유죄 추정의 원칙으로 한국의 검찰, 경찰과 싸웠습니다. 그런데 지금 여기서 가해자의 신상을 공개하면 저희가 유죄 추정의 원칙을 넘어서 가해자를 처단하는 꼴이 됩니다."

그 말에 다들 고개를 끄덕거릴 수밖에 없었다.

물론 법으로 처단되지 않으면 노형진이 다른 방법을 쓰는 경우도 많았지만, 이 사건은 그런 유형은 아니니까.

"한 가지는 확실합니다. 저희는 물러나지 않고 아이들을 지킬 것입니다."

노형진의 말은 한 글자 한 글자 지면에 담겨 전국으로 빠르게 퍼져 갔다.

⚖

노형진의 기자회견은 빠르게 뉴스화되어서 전국으로 퍼졌다. 그리고 그 상황에서 당황스러운 건 고공갈과 김추도였다.

"이거 뭐야? 일이 왜 이렇게 되는데?"

"아무래도 강성환이 이 문제도 이참에 터트리려나 봅니다."

"아니, 그런데 전혀 몰랐다고?"

김추도의 분노에 고공갈은 진땀을 흘렸다. 진짜로 몰랐으니까.

애초에 그가 학교에 돌아온 지는 한 달도 되지 않았다. 그러니 그 이전에 있던 사건 따위는 알 리가 없었다.

"그, 다른 선생들에게 물어보니……."

"물어보니?"

"전 교장이 학교 폭력과 관련해서 회의 같은 걸 못 하게 했다고……."

"뭐?"

"아무래도 전 교장이 다 해 처먹은 것 같습니다."

"이 개 같은 새끼가!"

고공갈 같은 인간을 고용하는 학교에서 멀쩡한 사람을 단기로라도 쓸 리가 없다.

당연히 전 교장도 고공갈과 비슷한 인간이었고, 뇌물을 받고 학교 폭력과 관련된 일들을 모조리 덮어 버렸던 것.

물론 그걸 재단과 나눠 먹었다면 지금처럼 문제가 되지는 않았을 것이다.

하지만 그는 그걸 재단과 나누지 않고 혼자서 다 처먹었기에 고공갈은 그 사실을 알지 못한 채로 지금 주규리의 상황만 이용해서 어떻게 해서든 강성환을 엿 먹이려고 했던 것이다.

"아니, 미친…… 야, 이…….."

감추도는 당황스러운 상황에 허둥거렸다.

"그 새끼들은 뭐래?"

"일단 이렇게 되면 양심선언은 힘들지 않겠느냐고…….."

말이 양심선언이지, 그냥 시키는 대로 강성환에게 성추행을 뒤집어씌울 생각이었을 거다.

그러나 이미 학교 폭력이 터져 나간 상황에서 양심선언을 하면 아무래도 의심스러울 수밖에 없는 상황이 된다.

"미친 연놈들. 지들 상황을 알기는 하는 거야? 전학시키기 싫다며!"

"그렇죠."

"그러면 저걸 뒤집어야 할 거 아냐!"

이미 학교 폭력이 퍼진 이상 전학을 보내지 않을 수가 없다.

"그 사실을 알고 그러는 것 같습니다."

"알고 그러는 거라니?"

"이미 상황이 이러니 전학을 피할 수 없지 않습니까?"

비록 강성환과 노형진이 이름을 공개하지는 않았다지만 그렇다고 해서 소문이 나지 않는 건 아니다.

그렇다면 차라리 이름과 얼굴이 공개적으로 알려지지 않은 지금 조용히 전학하는 게 유리하다는 걸 알고는 입을 다물어 버리기로 한 것이다.

"허, 미친년들이. 누가 놔준대?"

그렇잖아도 이 상황은 가만있다가 전학하는 걸로 해결될 문제가 아니다.

"하지만 저희가 할 수 있는 건 전학 정도라······."

"그게 아니라, 서류랑 증언은 다 준비되어 있다며?"

"네? 아, 네. 이미 그것과 관련해서 이야기가 다 되어 있습니다."

"그거 터트려."

"네?"

"그거 터트리라고. 증언이랑 다 준비되어 있다면서? 경찰이랑 다 이야기되었다면서?"

"그렇습니다만."

"그러면 터트리라고. 어차피 성범죄는 이제 친고죄도 아니잖아?"

일단 터트리면 저쪽도 아니라고는 말 못 한다.

왜냐하면 이미 얼굴은 팔렸고, 녹음 파일에 증언까지 다 해 놨으니까.

그걸 뒤집는 방법은 강성환에게 성범죄를 뒤집어씌우려고 준비했다고 솔직하게 말하는 수밖에 없는데, 그걸 말하는 순간 그들의 인생은 끝장이다.

"지들이 어쩔 건데?"

"그러면 미리 이야기가 된 기자를 통해 터트리겠습니다."

"그래."

"하지만 쉽지는 않을 겁니다, 이사장님."

고공갈은 떨떠름하게 말했다. 그러고는 걱정스럽게 물었다.

"차라리 제가 당분간 떠나 있으면 어떨까요?"

"뭐?"

"어차피 강성환 그 새끼도 내년에는 학교를 떠날 거 아닙니까? 그러니 그 후에 돌아오면······."

어차피 학생들은 개돼지들이고 시키는 대로 하는 노예일 뿐이다. 그리고 부모들은 자식들을 충성된 노예로 만드는 교육에 열광한다.

"솔직히 강성환 그놈만 없으면 문제 될 게 없습니다."

다음번 학생회장 선거에서는 말 잘 듣고 눈치 잘 보는 애를 뽑으면 그만이다.

"한 2년만 참으면······."

그러면 자신은 아무런 문제 없이 조용히 컴백할 수 있다. 그랬기에 고공갈은 몸을 사리고 싶었다.

'이러다가 내가 재수 없게 엮이기라도 한다면······.'

입 닥치고 있으면 재단과 함께 두둑하게 챙길 수도 있겠지만, 강성환은 절대로 쉽게 포기하지 않는 성격이다.

그리고 그의 뒤에는 고공갈이 마음대로 찍어 누를 수 없는 새론이 있다.

"그러니까 지금 우리가 고개를 숙이자, 이거야?"

"그렇습니다."

"야, 고공갈."

"네, 이사장님."

"이제 와서 그렇게 될 것 같아?"

그러나 김추도의 생각은 달랐다.

"이미 전쟁은 시작되었어. 네가 진짜 세상 물정 모르나 본데 새론이랑 노형진은 그렇게 쉽게 포기하는 놈들이 아니야."

"네?"

"허, 이런 병신을 봤나? 지금 내가 너 예뻐서 이러는 줄 알아?"

어이가 없다는 듯 고공갈을 바라보는 김추도.

"새론은 어떻게 해서든 상대방을 재기 불능으로 만드는 놈들이야. 일개 범죄자든 집단이든 기업이든 정치인이든 가리지 않고! 네가 그만둔다고 해서 그놈들이 '아, 그만뒀으니까 이제 놔줘야겠다.' 그럴 것 같아? 너 그렇게 멍청한 새끼였어?"

"아…… 아닙니다."

"알면서 뭐 그딴 소리를 해!"

고공갈 같은 인간? 찾으려면 얼마든지 찾을 수 있다.

인덕재단 입장에서 고공갈은 도구일 뿐 진짜로 지켜야 하는 전우도, 그렇다고 핵심적인 인재도 아니다.

"네가 나가면? 검찰이 널 따라가겠지. 그때에도 네가 아가리 털지 않을 거라는 걸 어떻게 믿지?"

그 말에 고공갈은 흠칫했다. 그건 생각하지 못했으니까.

"너 하나 자르는 거? 일도 아니야."

솔직히 일이 이렇게 될 줄 알았다면 차라리 처음부터 복직시키지 않았을 것이다.

이용해 먹기 좋다는 것 말고는 아무런 가치도 없는 놈이 고공갈이고, 그런 놈들은 넘치니까.

"그⋯⋯."

"그런데 뭐? 지금 너 하나만 잠깐 물러나 있으면 조용해질 거라고? 너 이 새끼, 지금 상황이 안 좋으니까 혼자서 튀고 싶어서 그러는 거지?"

"아⋯⋯ 아닙니다. 오해이십니다."

고공갈은 그 말에 뜨끔해서 다급하게 손을 내저었다.

"상대가 다른 놈이었다면 차라리 너 하나 쳐 내고 끝냈을 거야."

그런데 하필이면 노형진이다.

그리고 노형진은 예상대로 고공갈뿐만 아니라 인덕재단도 노리고 있었다.

물론 이건 김추도의 착각이었다.

원래 노형진은 인덕재단까지는 관심이 없었다. 재단을 건드리면 피해를 입을 사람들이 한둘이 아니고, 특히 학생들의 피해가 너무 크기 때문이다.

하지만 그걸 모르는 김추도는 주규리를 이용해서 노형진

과 강성환을 공격하려 했고, 그랬기에 노형진은 인덕재단과 김추도를 공격하는 것으로 방향을 바꾼 것이다.

노형진이 가장 싫어하는 게 바로 의뢰인을 공격하는 거니까.

범죄자가 스스로를 지키려고 하는 것은 이해한다. 그건 본능이니까.

하지만 피해자를 공격해서 입을 닫치게 하려는 건 자기방어가 아니라 외부에 대한 공격이기에, 노형진은 그런 행동을 용서해 줄 생각이 전혀 없었다.

"죄송합니다."

고공갈은 김추도의 말에 바로 꼬리를 말았다.

"잘 들어. 너랑 나는 이제 운명 공동체야. 무슨 말인지 알아? 한쪽이 죽으면 다 죽는단 말이야."

그렇기에 김추도는 고공갈을 놔줄 수가 없었다.

그리고 고공갈은 그제야 자신이 감당할 수 없는 싸움에 끼어들었다는 사실을 깨닫고는 사색이 될 수밖에 없었다.

⚖️

얼마 후에 단독으로 강성환의 학교 폭력 범죄에 관한 기사가 터져 나왔다.

"예상대로네."

자신이 성추행 피해자라는 증언.

그 증언은 사람들을 발칵 뒤집었다.

"오빠가 예상한 대로야. 우리가 먼저 공개하지 않았으면 어쩔 뻔했어?"

익명으로 공개되었지만 누가 범인인지는 이미 알고 있었다.

"뭐, 예상대로 굴러가는 일이니 예정대로 해야지."

노형진은 깊이 생각하지 않았다.

아니, 그럴 이유도 없는 일이었다.

그래서 바로 기자회견을 했다.

지난번에도 기자회견장에 적지 않은 수가 왔지만 오늘은 말 그대로 앉을 자리가 없을 정도로 빡빡하게 사람들이 몰려 있었다.

'기자들은 누군가의 추락을 좋아하고 열광하지.'

하물며 그 사람이 정의로운 이미지를 가진, 그래서 최근에 주변에서 칭찬이 자자한 학생이라면 더더욱 그럴 거다.

그럴수록 자극적이고 확실한 미끼가 되니까.

"노 변호사님, 이거 어떻게 생각하십니까?"

"강성환 군이 성추행을 저질렀다는데, 이거 심각한 문제가 아닙니까?"

아니나 다를까, 버릇처럼 성추행을 기정사실화하고 질문을 퍼붓는 기자들.

"일단 일이 이 지경이 된 것에 대해 안타깝다는 말씀을 드립니다."

"안타깝다? 진짜로 성범죄자라는 겁니까?"

"이거 너무 후안무치한 행동 아닌가요?"

"제가 안타깝다는 말씀을 드리는 건 대한민국에서 법과 원칙이 이렇게까지 망가졌다는 사실에 대한 겁니다."

"그게 무슨 말입니까?"

"익명으로 발표하면 모를 거라 생각하시나 본데."

노형진은 천천히, 바로 앞에 있는 사람들에게 한마디 한마디 강하게 말했다.

"자기가 불리하다고 성추행 누명을 씌우면 안 되죠, 주 양."

"주 양?"

"잠깐, 주 양이 누구지?"

다들 주 양이 누군지 몰랐다.

하지만 이내 누군가 눈을 크게 떴다.

"그러고 보니 학교 폭력 가해자 이름을 우리가 모르지 않아?"

"어? 설마?"

다들 눈치채고는 눈을 반짝였다.

한국에서 성범죄의 무고는 여자 범죄자가 자신을 지키기 위한 하나의 수단으로 변질된 부분이 분명 있다.

심지어 절도의 현행범이 체포하려는 경찰에게 성추행으로 고소한다고 협박하고 실제로도 고소해서 돈을 뜯어내려고 한 경우가 있을 정도로, 성범죄를 뒤집어씌워서 상대방을 공격하는 건 여성 가해자가 자신을 보호하는 하나의 수단처럼 쓰여 왔다.

"저희는 당신의 미래를 걱정해서 이름도, 성도 공개하지 않았습니다. 하지만 당신은 자신의 미래를 위해 한 사람의 인생을 망가트리는 데 주저하지 않는 것 같으니 저희도 그렇게 대하겠습니다."

노형진은 아주 차분하게 말했다.

"하지만 기회는 마지막으로 드리겠습니다. 반성하고 사죄한다면 더 이상의 이름 공개는 없을 겁니다. 하지만 만일 그게 아니라 어떻게든 저희에게 성범죄자의 프레임을 뒤집어 씌우려고 할 경우에는 저희가 이름과 신상을 모두 공개하도록 하겠습니다. 서로의 인생을 걸고 빅매치 한번 해 보시죠."

노형진의 말에 기자들은 눈을 크게 떴다.

설마 대놓고 이런 식으로 도발할 줄은 몰랐으니까.

"그 말, 후회 안 하십니까?"

"안 합니다. 솔직히 말해서 자칭 피해자가 누군지 알아내는 건 일도 아닐뿐더러 이 고발을 한 사람이 누군지 알아내는 것도 어렵지 않습니다. 저희는 학교 폭력을 근절하기 위해 노력하는 중입니다. 그런데 자신의 학폭을 감추기 위해 범죄를 계속 저지르는 사람이라면 갱생의 여지가 없죠. 그런 사람이라면 차라리 얼굴과 신상을 공개하는 게 추가적인 피해를 막는 데 더 도움이 될 겁니다."

"하긴, 그건 그렇지."

누군가가 자신도 모르게 그렇게 중얼거리다가 흠칫하고는 눈치를 살폈다.

　그러자 몇몇은 그 기자를 노려봤지만 몇몇 기자들은 고개를 끄덕거렸다.

　무고를 통해 이득을 본 적이 있는 인간은 어떻게 해서든 추가적인 이득을 얻기 위해 습관적으로 무고를 계속하게 된다.

　그들에게는 무고가 돈과 이득을 얻는 수단일 뿐 범법 행위라는 인식 자체가 없다.

　더군다나 한국에서 무고죄의 형량은 형편없고, 그마저도 아예 처벌을 하지 않는 수준이 아니던가?

　"사과할 기회를 드리겠습니다. 주 양."

　노형진은 담담하게 말했다. 그리고 기자회견장을 나왔다.

　뒤에서 기자들이 어떻게 해서든 이름을 알아내려고 고래고래 소리를 질렀지만 노형진은 가볍게 무시할 뿐이었다.

⚖

　"이게 뭐야!"

　주규리는 미칠 것 같았다.

　자신의 인생이 망가지는 게 실시간으로 느껴지는 중이었으니까.

　심지어 자신을 집요하게 괴롭히던 패거리조차 얼마 전부

터는 혹시나 불똥이 튈까 두려운지 아예 자신을 공기 취급하고 있었다.

한때 자기 밥이고 먹잇감이었던 놈들이 고소하다는 얼굴로 쳐다볼 때면 진심으로 자살하고 싶었다.

하지만 그럴 수도 없었다.

"엄마가 다 해결한다며! 다 해결할 수 있다며!"

악을 쓰는 주규리.

하지만 그런 그녀에게 엄마는 할 말이 없었다.

"아니, 일이 이렇게 될 줄 알았니?"

"알았냐고? 알았냐고? 지금 그게 할 말이야! 나 당장 학교는 어떻게 다니라고!"

이미 학교에 소문이 다 났다.

사실 전이라면 소문이 나든 말든 상관없었다. 그냥 가서 두들겨 패면 되는 일이었으니까.

하지만 이제는 자신이 맞는 처지고, 모두가 자신을 버렸다.

이제는 패거리도 없고 도와줄 사람도 없다.

"이런 씨팔!"

그 순간 문이 열리면서 주규리의 아빠가 집 안으로 들어왔다.

"여보, 뭐래요……? 지금 당장이라도 잘못 낸 거라고 발표해 준대요?"

"뭘 발표를 해! 가자마자 끌려 나왔어! 내 말은 들어 주지도 않았다고!"

초반에 분명 전학을 막아 주는 조건으로 그런 이야기를 했었다.

그러나 일이 커지는 꼴을 보고 차라리 전학하는 게 낫겠다 싶어서 그 녹음 파일이나 진술을 쓰지 말아 달라고 이야기했다.

하지만 학교 측에서는 시선을 돌리기 위해 기어코 써 버렸고, 그 결과 모두의 시선은 주규리에게 향해 있었다.

"여보, 어떻게 해요? 진짜로 어떻게 해요?"

"나보고 어쩌라는 거야!"

있는 돈 없는 돈 다 긁어모아서 변호사를 찾아가 도움을 요청했지만 변호사는 이 경우에 손해배상 어쩌고 명예훼손 어쩌고 하는 어려운 말만 늘어놨다.

정작 자기 딸이 당한 일에 대해서는 더 이상 아무런 말도 하지 않았다.

"미치겠네, 미치겠어."

"차라리 죽을래. 차라리 죽을 거야!"

"주규리! 규리야, 안 돼!"

주규리는 더 이상 방법이 없다는 말에 갑자기 과도를 들어서 자살하려고 했다.

엄마가 다급하게 그녀를 말렸다.

"이제 소문이 다 났다고! 어딜 가서 살라는 거야!"

주규리는 눈물을 흘렸다.

후회했지만 이미 늦었다.

주씨 성을 가진 사람이 흔한 것도 아니고, 더군다나 이 지역에서 주씨 성은 열 명도 안 된다.

그런데 자신이 여기서 이사를 간다는 건 자신이 무고 사범이자 동시에 학교 폭력 사범이라는 의미가 되는 것 아닌가.

"규리야, 아빠가 잘못했다, 응? 아빠가 잘못했어."

돈이 넘칠 때는 몰랐다. 모든 걸 돈으로 해결할 수 있을 거라 생각했다.

하지만 현실은 그렇지 않았다.

그 돈이 사라지자 이제 남은 건 자신의 잘못된 교육으로 망가진 딸과 그로 인해 박살 난 딸의 미래뿐이었다.

"차라리 죽을 거야, 진짜로. 차라리 죽을 거라고, 흑흑흑."

주규리는 억울했다.

학교에서 나름 일진으로 목에 힘주고 자유롭게 살다가 바닥으로 추락했다. 어린 나이인 그녀로서는 거의 천국에서 지옥으로 떨어진 상황이었다.

그런데 이제는 전 국민이 자신을 알고 공격하게 생겼다.

"젠장······."

세 사람은 눈물을 흘리면서 반성했지만 너무 늦었다고 느낄 뿐이었다.

그다음 순간 누군가 집으로 찾아오기 전까지는 말이다.

"계십니까?"

그 말에 세 사람은 다급하게 입을 막았다.

월세로 들어온 집. 그나마도 세 달째 돈을 내지 못하고 있었기 때문이다.

주규리는 이 상황이 더 서러웠지만 여기서 나가면 갈 곳이 없기에 어쩔 수 없이 울음을 삼켰다.

그러나 찾아온 건 집주인이 아니었다.

"안에 계신 거 압니다. 노형진 변호사라고 합니다. 이야기를 좀 했으면 하는데요."

"……."

"지금 저는 도와드리려고 온 겁니다. 하지만 만일 이 문을 열지 않으신다면 다음 기자회견에서 이름을 공개할 겁니다."

그 말에 주규리의 얼굴에 공포가 서렸고, 그녀의 아빠는 어쩔 수 없다는 듯 문을 열었다.

"계시는군요."

"미안한데 할 말 없습니다."

"없다고요? 제가 살려 드리러 온 건데요? 아니면 끝까지 싸우실 겁니까?"

"이미 변호사들에게 물어봤습니다. 방법이 없다고……."

"아, 그거야 실력 없는 변호사들이나 그렇죠."

노형진은 코웃음을 치며 말했다.

"어떻게 하시겠습니까? 이야기해 보시겠습니까, 아니면 저희는 돌아갈까요?"

그 말에 아빠는 고민하다가 결국 노형진을 안으로 불러들였다.

주규리와 엄마는 당황했으나 이내 자리를 만들었고, 잠시 후 노형진과 서세영 그리고 주규리의 가족 세 명 해서 총 다섯 명이 마주 앉았다.

"그래서, 할 말이 뭡니까?"

"이거 인덕재단에서 시킨 거 맞죠?"

"……."

"조금 전 인덕재단에서 끌려 나가셨잖습니까?"

"그걸 어떻게……?"

"저희 쪽 사람이 거기를 살피고 있었거든요."

그런데 주규리의 아빠가 들어가려다가 경비원에게 내몰리는 걸 목격하고 보고해 왔고, 노형진은 이 타이밍이 기회라는 걸 알고 서세영과 함께 찾아온 것이다.

"양심적으로 발표하시면 저희가 주규리 양이 살 수 있는 기회를 드리죠."

"이미 다 발표를 했는데요?"

"그러니까 기회를 드린다는 거 아닙니까? 그게 아니다 싶으면 양심선언을 안 하시면 됩니다."

"크흡……."

물론 양심선언을 안 하면 전면전으로 가는 수밖에 없으니 이쪽은 불리할 수밖에 없다. 이미 피해자들이 가득한 상황이니까.

"그리고 아실 텐데요? 주규리 양의 친구들이 상당히 의리가 없더군요."

그 말에 주규리가 흠칫했다.

함께 학교 폭력을 저지른 연놈들이 이 사건에서 벗어나기 위해서 자기들의 죄까지 자신에게 뒤집어씌우려 들 거라는 말임을 눈치챈 것이다.

그 모습을 본 주규리의 아빠는 결국 이를 악물며 말했다.

"뭘 하면 됩니까?"

"여보!"

"우리야 둘째 치고 규리를 이렇게 살게 둘 거야? 어!"

"……"

자신들이야 가상 화폐를 하다가 망했다. 그러나 딸까지 인생이 망하도록 둘 수는 없지 않은가?

더군다나 이 모든 게 자신들의 욕심에서 생긴 일이다.

처음부터 그냥 조용히 전학했다면 상황이 이렇게까지 꼬이지는 않았을 것이다.

"시키는 대로 하겠습니다. 그러니까 규리만은 살려 주세요."

노형진은 고개를 끄덕거렸다.

"세영아."

이미 노형진이 말해 놨기에 서세영은 미리 준비한 서류 하나를 내밀며 다음 계획을 설명해 줬다.

"일단 양심선언을 하고 이혼하시면 됩니다."

"그걸 말이라고……!"

주규리의 아빠가 화내려고 하자 노형진이 그를 말렸다.

"일단 들어 보세요."

"한국에서는 법이 바뀌었습니다. 이혼 시에는 굳이 아버지의 성을 유지할 이유가 없죠."

"뭐라고요?"

"지금 가장 큰 문제가 뭐죠?"

바로 주규리의 성이다.

주씨는 흔하지도 않은 성인 데다가 지금 시점에 삼공고등학교에서 타 학교로 전학한다면 사실상 주규리가 범죄자로서 특정될 테니 사회적으로 고립되어서 천천히 말라 죽어 갈 수밖에 없다.

"하지만 이혼해서 성을 바꾸면 주씨라고 특정하고 있는 사람들의 레이더에서 벗어나게 되죠."

사람들은 범인이 주씨라고 생각하고 그렇게 기억할 거다.

"하지만 어머님 성씨는 김씨죠."

대한민국에서 가장 많은 성씨가 김씨다. 그러니 전학한 학교에서도 안전할 것이다.

"정 불안하시다면 이름도 바꿀 수 있습니다."

도리어 이름은 성보다 바꾸는 게 더 쉽다.

그러니 성씨를 김으로 바꾸고 이름도 바꾸면 쉽게 추적할 수 없을 것이다.

물론 작심하고 추적한다면 찾아낼 수도 있겠지만, 전학생을 그렇게까지 추적할 사람은 없다.

　"물론 연예인을 할 거라면 좀 곤란하겠지만."

　하지만 주규리는 연예인을 하기에는 너무 평범한 스타일이었다.

　"그게 가능한 겁니까?"

　"가능하죠."

　어려운 것도 아니다. 실제로 이런 경우에는 쉽게 변경을 허락해 주는 편이다.

　"하지만 학교가⋯⋯."

　"그것도 저희가 방법을 만들어 놨습니다. 일단은 가출로 처리하시죠."

　"가출?"

　"대룡고등학교라고 아시죠?"

　"거기가 어딥니까?"

　"대룡에서 불우한 청소년들을 보호하는 시설입니다."

　가출을 했거나 집이 가난해서 생계가 불투명한 아이들을 보호하는 시설이자 동시에 미래의 근로자를 키워 내는 시설이다.

　"그래서 그곳에는 별도의 팀이 따로 있죠."

　"팀?"

　"네. 친권 문제를 해결해야 하니까요."

　집에서의 학대로 인해 가출했는데 아비라는 인간이 와서

내 자식을 내놓으라고 하면 아이는 다시 끌려 나갈 수도 있다. 그렇기에 그걸 해결하는 법률적 부서가 따로 있다.

"그곳을 통해 잠깐 대룡고등학교로 옮기는 겁니다."

성도 다르고, 법률 팀을 통해 옮기면 일단 주규리의 과거는 흔적도 없이 사라지게 된다.

"그 후에는 자연스럽게 다시 전학하시면 되죠."

성도 이름도 바뀌고 출신 고등학교도 바뀌면, 그 후에 주규리가 삼공고등학교에 있었다는 사실을 쉽게 눈치챌 수는 없을 것이다.

노형진의 설명을 들은 주규리의 아빠는 심각한 얼굴이 되었다.

그가 생각하기에는 충분히 가능한 일이었기 때문이다.

"그러면 우리가 뭘 해야 합니까?"

"우리가 아니라 아버님이 해야 합니다."

"어째서요?"

"주규리 양과 어머님은 여기서 완전히 빠져야 하니까요."

사람들의 시선이 오로지 아버지에게 향해야 한다.

그래야 주규리와 엄마는 빠져나갈 수 있고, 사람들은 주씨라는 성에만 집착하면서 존재가 흐릿해질 거다.

"알겠습니다."

"여보, 진짜로 하려고요?"

"그러면 달리 방법이 있어?"

"……."

방법이 없다.

이미 변호사들을 만나 봤지만 대부분 손해배상 정도만 이야기했고, 그나마도 공격한 건 이쪽이기에 배상을 받아도 큰돈이 되지 않는다고 했다.

"이 상황에서 우리가 뭘 어쩌겠어."

주규리의 아버지는 결심한 듯 노형진을 바라보며 물었다.

"그래서, 저는 뭘 하면 됩니까?"

"당한 대로 말씀하세요."

"당한 대로요?"

"네. 저희가 원하는 건 진실입니다, 거짓이 아니라."

그 말에 그는 고개를 끄덕거렸다.

⚖️

―저의 딸이 이번에 한 고소는 사실 저희가 원한 게 아니었습니다. 저희 딸이 학교 폭력으로 인해 처벌 위기에 처했는데, 인덕재단과 교장인 고공갈이 그걸 이용해 저희에게 처벌을 막아 줄 테니 허위 사실을 증언해 달라고 제안했습니다.

―그래서 했단 말입니까?

―처음에는 할까 했지만 아무래도 그건 아닌 것 같아서 증언을 철회하겠다고 하자 다짜고짜 녹음 파일을 터트린 겁니다. 그리고 저희

에게 이제 터졌으니까 너희가 따라오지 않으면 너희는 무고 사범이
되는 거라고, 시키는 대로 하라고 협박을…….

쾅!
김추도는 보고 있던 TV의 리모컨을 집어 던졌다.
그리고 리모컨에 부딪힌 TV 패널은 그대로 박살 났다.
"미친 새끼가!"
그로서는 이해가 되지 않았다.
어떻게 판 함정인데! 아무리 노력해도 절대로 벗어날 수
없었다.
성추행을 터뜨리면 좋든 싫든 딸년을 무고 사범으로 만들
기 싫어서라도 따라올 거라 생각했다.
그런데 양심선언을 하다니.
"이게 도대체…….."
처음에는 단순히 고공갈을 지키고 강성환을 쳐 내기 위해
시작한 일이었다. 그런데 일이 꼬이고 꼬여서 점점 심각하게
흘러가고 있었다.

학교 차원에서 학생에게 무고죄 종용
현대 사학 비리의 정점
사학의 부패, 과연 막을 수가 없는가?

하루가 다르게 심각한 이야기가 터져 나오고, 인덕재단은
정부와 언론에 연신 두들겨 맞고 있었다.

"이게 도대체……."

딴에는 열심히 판 함정이지만 그들은 몰랐다, 살길을 만들
어 주면 다들 떠날 수 있다는 걸.

"언론에서는 뭐래? 이거 덮을 수 있대?"

"그게…… 연락 자체를 받지 않는답니다."

언론도 이 정도 사건은 덮을 수가 없었다.

아니, 덮는 것 자체가 불가능하다.

한 곳에서 입을 다물면 뭐 하나, 다른 언론에서 계속 떠들
고 있는데.

"그나마 정부에서까지 개입하지는 않게 하려고 어떻게든
노력 중입니다만."

고공갈은 진땀을 뻘뻘 흘렸다.

만일 정부에서 개입해서 감사라도 하면 다 망할 판국이지
만, 다행히 정부에서는 형사사건의 발생이 감사의 이유가 되
지는 않는다면서 부정적인 태도였다.

물론 그것도 공짜는 아니다.

그간 두둑하게 먹여 둔 뇌물이 영향력을 발휘하고 있는 것
뿐이다.

"미치겠네."

김추도는 이를 악물었다.

하지만 이 문제를 해결할 마땅한 방법이 생각나지 않는 상황.

"일단은 저를 내치시고 당분간은 몸을 사리시는 게 좋을 것 같습니다."

"너…… 이 새끼."

"도망가려는 게 아닙니다. 하지만 일단은 몸을 수그려야 하지 않겠습니까? 불안하시다면 당분간 해외로 뜨겠습니다."

그 말에 김추도는 눈을 찡그렸다. 고공갈의 말이 맞으니까.

이 이상 공격이 들어오면 재단도 힘들어진다. 아니, 재단이 문제가 아니라 그가 힘들어진다.

"알았어. 바로 사표 처리할 테니까 당분간은 해외로 떠나 있어."

"네, 이사장님."

"그리고 이 문제는 박형문한테 뒤집어씌우는 걸로 하지. 그러고 보니 박형문 그 새끼는 어디 갔어?"

"3일 전부터 병가를 내고 쉬고 있습니다."

"이 새끼가 상황이 이 지랄인데 쉬어? 군기가 빠져 가지고. 내칠 때가 된 모양이네."

언제나처럼 당연히 뒤집어씌우고 커트할 생각을 하는 그때, 다급하게 이사가 달려 들어왔다.

"이사장님, 이사장님! 큰일 났습니다!"

"무슨 큰일?"

"박 과장이! 아니 아니, 박 차장이!"

"박 차장? 아, 맞다. 그 새끼, 이제 차장이지? 그런데 그 새끼가 왜?"

"우리 자료를 들고 튀었습니다!"

그 말에 김추도도 고공갈도, 의자를 자빠트리면서 벌떡 일어났다.

"그게 뭔 소리야? 그걸 몰랐다는 거야!"

"저희 몰래 자료를 야금야금 빼돌린 모양입니다. 수년 치 기록이 몽땅 새어 나갔습니다!"

"그걸 왜 이제야 안 거야! 당장 가서 회수해 와! 돈을 주든 협박을 하든 칼로 쑤셔 버리든, 당장 회수해 오라고!"

그 말에, 다급하게 달려온 이사는 그대로 고개를 숙였다.

"그게…… 이미 늦었습니다."

"늦어?"

"그게…… 다른 곳도 아니고 대통령 비서실로 직접 들어갔답니다."

그 말에 김추도는 그대로 주저앉았다.

다가오는 파멸이 눈앞에 선명히 보이는 듯했다.

⚖

"감사합니다. 확실하게 해 주셨군요."

"별말씀을요."

박형문은 약속대로 재단이 가장 약해진 시점에 온갖 비리를 가지고 나왔다.

그리고 노형진은 그걸 경찰이나 검찰이 아닌 대통령 비서실로 넘겼다.

검찰이나 경찰이 아무리 덮고 싶어도 대통령 비서실에서 직접 지시가 내려온 사건을 덮을 수는 없다.

당연히 어디 지방 경찰서가 아닌 본청에서 직접 사건을 털기 시작했고, 고공갈과 김추도는 제대로 저항도 못 하고 질질 끌려 나왔다.

고공갈이 잡혀가는 모습에 피해자들이 하나둘 입을 열기 시작했고, 부모들 역시 기겁하면서 길길이 날뛰었다.

명문 사학이고 뭐고, 이슈가 되면 면접에서 마이너스가 되기 때문이다.

아니, 그걸 떠나서 이사장이 체포된 학교가 제대로 굴러가기는 힘들 것이다.

"너는 어때? 전학 준비는 잘되어 가? 학교에서는 안 괴롭히디?"

그 말에 강성환은 고개를 흔들었다.

"네. 눈도 마주치지 않던데요? 뭐, 나갈 인간 취급이라."

"하하하."

그럴 만하기는 하다.

교장만 날린다더니 결국 이사장과 재단까지 날려 버렸다.

다른 건 둘째 치고 재단이 보유한 대학교 두 곳 모두의 심사를 뇌물을 통해 조작했다는 건 절대로 무시할 수 없는 일이었고, 그 돈을 환수하면 인덕재단은 날아가 버릴 수밖에 없다.

"오빠, 그러면 그 학교와 학생들은 어떻게 되는 거야?"

"뭐, 중고등학교는 멀쩡할 거야."

아무래도 국가에서 학업 시스템을 붕괴시킬 수는 없을 테니까.

"국가에서 환수해서 국립으로 바꾸든가 할 테지만 대학교는 뭐, 망했다고 봐야지. 현재 다니는 학생들은 아마 다른 학교로 편입될 테고."

요즘은 그런 일이 많아져서 딱히 이상한 일도 아니었다.

"다만 보육원이 문제인데…….."

보육원은 정부에서 인수하기도 그렇고, 그렇다고 다른 곳에서 인수하지도 않을 거다.

"보통 재단이 사라지면 아이들은 흩어지고 보육원은 채권자에게 넘어가는데."

노형진은 머리를 긁적거리며 말했다.

"그렇잖아도 내가 인수할까 생각 중이다."

"오빠가?"

"그래. 내가 보유한 재단이 한두 곳도 아니고."

거기에 보육원 하나 더 추가된다고 해서 부담될 일은 없다.

"그러면 다행이네."

"그래. 다만 첩첩산중인 게 하나 있어."

"뭔데?"

"나름 크다는 인덕재단도 이 지랄인데 다른 곳은 어떻겠냐?"

"아아~."

송정한은 개혁의 기치를 높이 들고 시작했다.

그런데 시작부터 이런 놈들이 튀어나왔으니 사학에도 손대
지 않을 수가 없는데, 사학도 저항이 만만치 않은 놈들이다.

"고칠 건 많고 시간은 없고."

더군다나 노형진은 이제 청와대의 자문 위원 그리고 개혁
업무를 집중적으로 하고 있다.

"이게 첩첩산중이지, 뭐."

노형진은 쓰게 웃을 수밖에 없었다.

사람 병신 만들기

"노 변호사님, 도움이 좀 필요합니다."

"도움이요?"

노형진은 임진기의 호출에 고개를 갸웃했다.

임진기는 새론의 계열이라면 계열이라 할 수 있는 법무 법인 하늘의 대표다. 그의 실력이 나쁜 것도 아니고, 하늘도 나름 오랜 경험으로 실적이 좋은 편이다.

애초에 노형진의 사건 기록을 기반으로 주기적으로 교육을 진행하니 실력이 나쁠 수가 없다.

그런데 그런 그가 도움을 요청하다니?

그랬기에 다급하게 임진기의 사무실로 올 수밖에 없었다.

"뭐가 문제인데요?"

"국방부에서 한 남자의 인생을 조져 놨는데 책임을 물을 수가 없더라고요."

"네? 말이 됩니까?"

사람에게 상해가 생겼다면 그에 대한 배상을 해 줘야 하고, 도저히 군 생활을 계속할 수 없게 되었다면 복무 부적격으로 내보내면 그만이다.

"아, 그게요. 어느 쪽도 책임지지 않으려고 해서 말입니다."

"얼씨구?"

노형진은 그 말에 고개를 갸웃했다.

"이해가 되지 않는데요? 그리고 얼마나 큰 사건이기에 임진기 변호사님이 나서는 겁니까?"

"크다기보다는, 어이가 없다고 해야 할까요."

"어이가 없다고요?"

"보세요."

임진기는 자료를 하나 건넸고 노형진은 그걸 받아서 읽기 시작했다. 그러고는 기가 막혔다.

"나라 꼴 참 잘 돌아간다."

"그죠?"

노형진은 임진기가 건네준 사건 기록을 보면서 그렇게 말할 수밖에 없었다.

"진짜 합법적으로 한 남자의 인생을 조져 놨네요."

"그러니까요."

사건은 간단했다. 하지만 더럽게 복잡하기도 했다.

한 남자가 있었다. 그는 몸도 병약하고 여러 가지로 한계가 있었다. 일상생활 자체는 어찌어찌 가능하지만 뛰거나 장시간 서 있는 것은 불가능했다.

그런 그도 군대에 갈 나이가 되었다. 그러자 단 한 명의 노예라도 더 뽑아야 하는 국방부에서는 그를 당연히 현역으로 보냈다.

문제는 여기서부터 시작된다.

국방부에서 병무청을 통해 신검을 하고 현역으로 보냈는데 정작 훈련소에서는 이 사람을 보고 이러다 죽겠다 싶었던 것이다.

물론 훈련소에서도 집에 가고 싶어서 소위 뺑끼라고 하는 머리 쓰는 놈들이 없는 건 아니다. 당연하게도 그런 놈들을 걸러 내기 위한 경험도 많고 또 시스템도 잘되어 있었다.

결국 훈련소에서는 이 사람을 복무 부적격으로 판단해 집으로 돌려보냈다.

"그런데 아시죠? 훈련소는 복무 부적격으로 판단할 권한이 없단 말이죠."

그럴 때는 어떻게 되느냐?

당연하게도 병무청으로 권한이 넘어가고, 그 후에 재심을 받게 된다.

"여기서부터 문제가 생기죠."

"그죠. 온갖 비리가 불러온 부작용이라는 거군요."

대한민국 군대는 수십 년간 비리와 싸워 왔다. 지금도 돈만 주면 멀쩡한 놈들을 군대에서 빼 준다.

그게 얼마나 심했는지, 군대에 가는 놈들은 돈 없고 백 없는 어둠의 자식들이라는 자조 섞인 농담을 하던 시기도 있었다.

"그렇다 보니 온갖 조건이 깐깐하게 붙었죠."

어떤 경우에는 현역, 어떤 경우에는 공익, 어떤 경우는 면제. 점점 치밀해지고 점점 빡빡해졌던 규정.

그래서 옛날에는 병무청에서 어느 정도 상황에 따라 판단할 수 있는 영역이 있었지만 지금은 아예 그게 불가능하다.

"이게 문제군요."

"네. 저희가 신검장에 사람을 보내서 의뢰받고 검사 과정을 투명하게 할 수는 있지만 이건 답이 없죠."

초임 변호사들이 병무청에서 바로 수임을 받고 검사 과정을 감시하고 기록으로 남기는 서비스가 엄청나게 흥하고 있다.

입대하기 어려운 이유가 있어서 서류를 제출해도 병무청에서 그걸 확인도 하지 않고 그대로 창고에 보관해 버리는 경우가 너무 많았기 때문이다.

실제로 그걸 확인해야 하는 군의관이 서류 자체도 보지 않고 넘기는 경우가 너무 많았고 정신 질환자부터 암 환자, 심지어 수술로 폐를 절제해서 뛰기는커녕 오래 걷지도 못하는 사람까지 무작정 끌고 간 경우도 있었다.

이것이 법이다

"그걸 막는 건 좋은데……."

반대로 규정이 없다면 병무청에서도 면제할 수가 없다는 것.

"와, 아무리 그래도 그렇지 이 짓을 무려 5년이나 했다고요?"

"네."

훈련소에서 이 사람은 군 생활을 하면 죽겠다 싶어서 돌려보내는데 정작 신체검사장에서는 군 생활에서 **빼낼** 조건이 없다며 다시 훈련소로 보낸다.

그러면 훈련소에서는 이러다 죽겠다며 다시 신체검사장으로 보내는 식의 악순환이 펼쳐진 것이다.

"이게 무슨 병신 같은 짓입니까?"

"그러니까요."

훈련소에 갔다가 나오고 갔다가 나오고 갔다가 나오기를 무려 5년간 반복한 것.

"올해도 검사 예정이라는데, 기가 막히더군요."

"그러면 6년 차군요."

"네."

"어이가 없네요, 진짜."

그나마 이게 하늘에 걸린 것도 우연이었다.

"저희 측 변호사가 신입을 교육하러 갔다가 알아본 거죠."

변호사는 같은 사람을 무려 세 번이나 봤으니 기가 막힐 수밖에 없었던 것.

"용케 기억했네요."

"그 변호사 말로는 '이런 사람도 군대로 끌고 간다고? 선 넘네?'라고 생각했다니까요."

다만 정식으로 의뢰를 받은 것은 아니기에 어쩔 수 없이 방치했는데 2년 후에 한 번 그리고 이번에 한 번 해서 두 번을 더 보게 되자 이게 무슨 병신 짓인가 해서 이야기를 나누고 그제야 상황을 알게 되어 어이가 없는 나머지 사건을 무료로 받아 주기로 한 것이다.

"그런데 그 변호사로서는 답이 없다 이거군요."

"네. 이건 누구 잘못도 아닙니다."

훈련소? 훈련소는 도리어 일을 잘한 거다.

실제로 훈련소에는 귀가 재검이라는 제도가 있어서, 진짜로 군 생활이 불가하다고 판단되거나 전염성 질병이나 장기 치료가 필요한 질병이 확인되는 경우에는 집으로 돌려보내서 재검을 받게끔 하고 있다.

그러니 일을 제대로 한 거라고 할 수 있다.

그리고 신체검사소도 진짜 규정대로 한 거다.

본래 악착같이 현역병으로 데려가려고 하는 곳이긴 하지만 다섯 번이나 현역병으로 끌려갔다가 돌아온 사람이니 신검장에서도 어떻게 해서든 빼 보려고 했을 거다.

이번에도 가 봤자 돌아올 테니까.

문제는 아주 빡빡하게 구성된 병역 규정의 특성상 해당되는 바가 없을 경우는 빼내 주고 싶어도 빼낼 방법이 없다는 것.

그 바람에 매번 어쩔 수 없이 현역병 처분을 내릴 수밖에 없었고, 그게 무려 5년째였다.

"5년간 이 지경이면 취업이고 뭐고 글러 먹겠군요."

그렇잖아도 체력이 부족해서 힘든 일을 할 수 없는 사람인데 병역도 마치지 못해서 언제 군대로 끌려갈지 알 수 없게 되었으니 제대로 취업이 되겠는가?

차라리 병역면제라면 이해라도 하겠는데, 그것도 아니고 다시 군대에 가야 한다니.

"완전 답이 없네요."

"그쵸. 그래서 노 변호사님에게 도움을 요청한 겁니다."

누구 한쪽이 잘못한 거면 그쪽을 조지면 간단한 문제이지만, 이 경우는 한쪽이 잘못한 게 아니라 서로 일을 제대로 한게 도리어 악순환이 되어 버린 상황이라 법적으로 누군가에게 책임을 묻거나 소송을 걸기도 애매하다.

"그래서 그 변호사도 고민 고민 하다가 저한테 부탁한 겁니다."

"그랬겠네요."

군 면제가 될 나이까지 마냥 이 짓거리를 반복하게 할 수는 없는 상황이 아닌가?

"저희 쪽에서는 답이 없다고 생각해서요. 어떻게, 가능하시겠습니까?"

"해 봐야죠."

노형진은 사건 기록을 보면서 눈을 찡그렸다.

⚖️

"오빠, 이거 규정이 이렇지 않잖아. 5년이나 연장? 아니, 이게 가능해?"

"아, 5년을 재검했다는 거지 5년간 자동 연장되었다는 건 아니야."

"그래?"

"그래. 군대에서 자의에 의한 연장은 최대 2년이거든."

군대에서는 병역의무에 관해 엄청 세밀하게 규정해 놨다.

그중 하나가 바로 군 복무와 관련해서 자의로 인한 복무 연장 기간을 2년으로 정해 놓은 거다.

"그런데 여기 장형수 씨의 경우는 대학생이니까……."

"아, 무슨 소리인지 알겠네."

보통 대학생은 1학년 또는 2학년을 마치고 군대를 간다.

장형수 씨가 처음으로 신검을 받은 것도 1학년 때.

"5년 중에서 3년은 학업으로 인한 연장이구나."

"그렇게 되겠지."

"그런데 매번 신검 갔다가 입대했다 하는 걸 보면 병역 면탈의 목적은 없어 보이는데?"

"그러면 차라리 속이라도 편하지."

정작 장형수는 차라리 군대를 갔다 와서 사회생활을 시작해야 하는 시점인데 아직도 이러고 있으니 환장할 노릇일 거다.

"그런데 나 진짜로 이해가 안 가는데. 이런 경우에 대한 대비책이 없다고?"

"그게 문제야. 물론 대비책이 전혀 없는 건 아니지."

노형진은 머리를 긁적거리며 말했다.

"군대에서는 이런 귀가 재검의 경우에는 보충역으로 빼도록 되어 있어."

예를 들어 심장에 이상이 발견되어 일단 돌려보내 일정 기간 치료했는데도 재검에서 이상 징후가 계속 발견된다?

그건 그냥 보충역이라는 소리다.

"그런데?"

"이 조항이 문제야. 차라리 이게 계속 문제가 되었다면 속은 편하겠는데……."

문제가 되는 조항.

그건 다름 아닌 '동일한 질병으로 인해 2회 이상 귀가해야 한다'는 조항이다.

"첫 번째 귀가 사유는 폐렴, 두 번째 귀가 사유는 위장병으로 인한 천공, 세 번째 귀가 사유는 코델09바이러스, 네 번째 귀가 사유는 류머티즘, 다섯 번째 귀가 사유는 허리 디스크라니. 기가 막히네, 진짜."

"그러니까 웃긴 거지. 이 정도면 그냥 종합병원 수준이라고."

"그러니까."

요즘 폐렴은 잘 걸리지 않는 질병 중 하나다. 그런데 재수 없어서 걸린 거다.

물론 그럴 수도 있다. 여전히 폐렴으로 인한 사망자가 극소수지만 발생하고 있으니까.

그리고 두 번째, 위장병.

정확하게는 입대로 인한 스트레스와 더불어 헬리코박터균으로 인한 위장 천공.

훈련소에서 오밤중에 피를 토하고 항문으로 피를 흘리니 안 빼고 배기겠는가?

세 번째, 코델09바이러스.

이것도 재수가 더럽게 없는 게, 코델09바이러스에 걸렸다고 추정되는 장소가 하필이면 입대 바로 직전에 식사한 식당이다.

백신이 나온 시점도 아니고 코델09바이러스로 인해 사망자도 나오는 상황인데, 훈련소에는 격리 시설도 없고 부대에 뒀다가는 사달이 날 수도 있으니 집으로 보낸 것이다.

네 번째는 손목 류머티즘.

사실 이런 류머티즘은 의외로 현대인들 사이에서 상당히 자주 발생한다.

일부 사람들의 경우 컴퓨터를 기괴한 자세로 하는데, 장형수가 딱 그런 타입이었던 것.

다섯 번째는 허리 디스크.

허리 디스크는 실제로 한국에서 또 흔한 질병이다.

애초에 디스크가 인간이 직립보행을 하면서 얻은 일종의 저주 같은 거라서 누구든 언젠가는 걸릴 수밖에 없다지만, 장형수는 그렇잖아도 약한 체력과 병약한 몸 때문에 그게 갑자기 터진 거다.

결국 훈련소에서 후송되었다가 그대로 귀가하고 말았다.

문제는 이 디스크가 터진 정도가 하필 치료가 가능한 수준이라 현역 대상이라는 것.

"와 씨, 이건 뭐라고 해야 하나?"

"진짜 재수 없지?"

"맞아. 진짜 재수가 없다고 해야 하네."

차라리 군대를 보내 달라고 빌고 있는 장형수다.

심지어 다섯 번의 입대 중에 후반의 세 번은 자진 입대였다.

"그런데 이 지경이라고?"

"타고나길 약골인 경우도 있는 법이니까."

다만 이런 경우는 누구도 예상하지 못했을 거다.

"동일한 질병으로 2회 이상 확정을 받아야 하니 이 상황에서 면제는 힘들지."

"그러면 차라리 군대에 다녀오는 게 낫지 않아?"

"그럴까 하는데 말이지."

노형진은 긴 한숨을 쉬었다.

"이번에도 빠꾸다."

"응? 이번엔 또 뭐야? 군대 들어가기도 전인데?"

"그렇잖아도 이번에는 어떻게 해서든 병역을 마치겠다고 병원에서 검사를 받았거든."

"그런데?"

"그런데 무릎 고관절에 문제가 있단다. 수술할 정도는 아니지만 아프기는 아프고……."

"잠깐, 그러면?"

"그래, 군대에서 돌려보내겠지."

"이 정도면 진짜 저주 아냐?"

"저주라고 해야지."

"뭐라고 해야 하나, 이건 분노가 일어나는 사건이라기보다는 좀…… 어이가 없는데?"

"나도 그렇다. 종종 이런 사건도 있기는 하지."

대부분의 사건들은 적아가 확실하고 어느 정도 답이 정해져 있다. 그런데 이건 그것도 아니다.

누구 잘못도 없다 보니 누구를 탓할 수도 없다.

누가 이 정도로 저주받았다고 생각하겠는가?

"옛날에 어떤 개그맨의 별명이 국민 약골이었거든."

"그런 분이 계셔?"

"응. 그런데 그분이 거의 이 수준일 거다."

"와, 씨?"

그 말에 서세영은 혀를 내둘렀다.

확실히 이 정도면 군 생활은 힘들지만 일상생활을 못 할 정도는 아닐 거다.

"진짜 이런 사람이 있구나."

"그래서 문제야. 이걸 어떻게 빼냐?"

소송으로 빼는 건 불가능하다.

한국은 법으로 모든 걸 결정하는 대륙법계다.

판례가 아니라 법에 없다면 판사도 쉽사리 뭘 결정하지 못한다.

"일단 면제는 무리고."

노형진은 머리를 긁적거렸다.

"손해배상도 안 되지, 이 경우는?"

"안 되지."

일단 규정대로 한 것이니까 그걸로 손해배상을 청구할 수는 없다.

규정이 아주 불합리하다면 헌법 소원 등을 통해 뒤집어 버리고 해결책을 만들어 낼 수 있겠지만, 이 경우는 장형수가 특수한 거지 규정이 불합리한 게 아니다.

"그렇다고 하면 다른 산업 기능 요원 같은 걸로 빼면 좋은데."

"그렇게 안 되니까 문제지."

병역 특례로 빼려면 당사자가 그에 맞는 기술을 보유하고 있어야 한다. 당연히 이 산업 기능 요원은 이과들이 우선이다.

그런데 장형수는 예체능이다.

"그렇다고 입대를 거부하는 방법으로 빼 버릴 수도 없고."

입대를 거부하면 실형이 나오는데 일반적으로 6개월이다.

문제는, 법적으로 병역의무를 빼려면 실형 1년 6개월 이상이 요구된다는 거다.

왜 그런 규정이 생겼냐면, 군대에 가는 대신 짧게 교도소에 갔다 오는 걸 택하는 사례를 방지하기 위함이다.

그래서 현재 병역의무 기간도, 병역면제 기준 형량도 1년 6개월이다.

만일 1년 6개월 이하로 형을 받으면 그 사람은 병역법 위반으로 6개월 정도 교도소에 갔다 온 다음 병역의무를 1년 6개월간 다해야 한다.

"하긴, 그래서 전에 한번 이슈가 된 판결이 있지 않아?"

"그랬지."

원래 생계 곤란은 병역면제 사유다.

문제는 이 생계 곤란이라는 걸 철저하게 노동 기능으로만 판단한다는 거다.

예를 들어 집안이 4인 가족이고 노동 가능한 인구가 아들과 아버지 두 명인 경우, 생계 곤란이 성립되지 않는다.

아버지가 일을 안 하는 게 아니라 못 하는 것이라 해도 이에 대한 배려는 없다.

일하고 싶어도 사람들이 써 주지 않거나, 법적으로는 노동

이 가능하다고 판단되지만 실제로는 불가능한 상황은 생각보다 많다.

가령 일상생활은 가능하지만 여러 가지 이유로 한 달에 2주 이상 일을 하면 과로로 몸에 문제가 생기거나 하는 사람들 말이다.

실제로 그런 이유로 그 당시 피고는 훈련소에 가지 않았다.

자신이 빠지면 온 집안이 굶어 죽는다는 걸 알면서 당당하게 군대에 갈 수 있는 사람이 얼마나 되겠는가?

그런데 군대에서는 그를 고발해서 어떻게든 끌고 가려고 했다.

물론 1년 6개월 미만이라면 보충역으로 빠지기 때문에 군생활을 하지 않는다고 생각할 수도 있지만, 애초에 보충역이라는 게 군대를 가지 않는 게 아니라 다른 형태로 복무해야 한다는 뜻이다.

쉽게 말해서 흔히 공익이라 말하는 존재가 바로 보충역이다.

문제는 공익이라고 할지라도 근무가 제한되기 때문에 그런 경우에는 남은 세 가족의 생계가 불투명해지는 것.

그 당시에 군에서는 징역 1년을 선고해 달라고 요구했다.

그렇게 함으로써 교도소는 교도소대로 보내고 병력 자원으로도 써먹으려고 한 것이다.

그러나 판사는 이례적으로 징역 1년 6개월에 집행유예 2년을 선고했다.

판사가 보기에도 당장 이 사람이 없으면 가족이 몽땅 굶어 죽게 생겼는데, 군대에서 요구하는 대로 징역 1년을 내리고 다시 보충역으로 1년 6개월을 복무시키면 이 가족은 100% 죽기 때문이다.

일반적으로 검사 측이 요구하는 이상의 판결이 나오는 경우는 드물지만 국방부가 무슨 생각을 하는지 빤히 아는 판사는 차마 사람을 죽일 수는 없었기에 확실하게 1년 6개월을 선고해서 병역에서 빼 버렸다.

1년 6개월 이상이면 전시 근로역으로 빠지기 때문이다.

전시 근로역이란 전쟁이 발발하면 전쟁터로 가는 대신에 후방에서 물자 수송이나 기타 업무를 수행하는 역할로, 평시에는 군대에 들어가지 않기 때문에 결과적으로 면제와 동일한 효과를 발휘할 수 있다.

물론 국방부에서는 노예를 빼앗겼다는 생각에 그러한 결정에 심기 불편해했지만, 주변에서는 도리어 그런 판사를 칭찬했었다.

"와 씨, 그러면 방법이 없는 거잖아?"

노형진 역시 떨떠름한 얼굴로 계속 서류를 바라보았다.

"예체능이니까 그쪽으로 병역 특례를 노려 봐야 하나?"

"무리지. 말이 예체능이지 사실 뻔하잖아."

"하긴."

한국에서 예체능으로 병역 특례를 받는 건 한계가 명확하다.

예체능은 예술계와 체육계로 나뉘는데, 체육계의 경우는 사람들이 익히 아는 것처럼 올림픽이나 아시안게임 같은 스포츠 대회에서 우승하면 혜택을 주고 예술계의 경우는 클래식 콩쿠르, 또는 한국 국악 대회에서 우승해야 한다.

"뭐야? 왜 이렇게 줄어든 거야?"

"뭐가?"

"아니, 자료 보니까 그 콩쿠르 면제 대상이 엄청 줄어들어서."

"아아~ 그거? 짬짜미 때문에."

"짬짜미?"

"문제가 된 게 대회가 아니라 사람이었거든. 공정성이라는 게 진짜 공정한 건 아니라서."

원래 우승하면 병역 특례를 주는 클래식 콩쿠르는 무려 120개에 달했다. 하지만 지금은 대략 29개로 줄었다.

높으신 분들의 아드님들이 그걸 짬짜미했기 때문이다.

"너도 알다시피 음악은 부자들의 전유물이 된 지 오래잖아."

"뭐, 현실은 그렇지."

재능과 상관없이 예체능은 부자들이 점유하고 있다.

수억에 달하는 학습 비용, 그리고 최소 수천에서 수억 단위의 장비.

거기다가 예술대 계열로 진학하기 위해서는 은밀하게 교수들에게 교육도 받아야 한다.

말이 교육이지 미리 안면 트고 교육비라는 이름으로 뇌물을 선납한다고 보면 된다.

실제로 대학에서 심사 위원이 그 교수들이니까.

"그러다 보니까 이게 장난질이 심했거든."

무려 120개 대회. 그러니까 A라는 놈이 일단 우승해서 병역면제가 확정되면 다른 대회에 나가지 않거나 살짝 힘을 빼서 3위 정도 하는 거다. 2위까지가 병역면제 대상이니까.

"그런 식으로 높은 분들이 병역면제 수단으로 짬짜미한다는 소문이 있어서 그렇게 확 줄인 거야."

"바보야? 그게 된다고? 다른 출연자들이 그렇게 하도록 놔둬?"

"그게 참 웃긴데, 한국의 국제 대회에는 해외 참가자들이 거의 없어."

"뭐? 왜?"

"왜일 것 같아? 당연히 투명하지 않기 때문이지."

분명 국제대회로서 어느 정도 위상은 있다. 하지만 정작 해외 참가자는 없다.

왜냐, 참가를 해도 우승의 가능성이 거의 없기 때문이다.

거의 세기에 한 번 나오는 천재 수준이 아니면 사실상 우승은 불가능하다.

"심사 위원이 출전자의 스승인 시점에서 그 대회가 공정하겠냐?"

"아⋯⋯."

당연히 그 순간부터 공정하지 않다.

물론 심사 위원이 한두 명도 아니니 그 한 명을 뺀 나머지 모두가 공정하게 심사한다 해도, 1점이 모든 걸 바꾸는 게 바로 세계적 콩쿠르다.

"거기다가 말이지, 해외에서 오는 사람들도 한국의 군 문제에 대해 안다니까."

"설마?"

"맞아. 알아."

그렇다 보니 자연스럽게 동점이라고 하면 슬쩍 한국 남자에게 일종의 동정 점수가 주어진다는 것도 알고 있다.

실제로 한국에서 벌어지는 국제 콩쿠르의 우승은 대부분 한국인들이 차지하고 있다.

"물론 실력이 없는 놈들이 우승하는 일은 없지만."

출전하는 사람들은 진짜 절박한 마음으로 임하니까.

그리고 아무리 팔이 안으로 굽는다고 해도 그건 약간의 가산점이 될 뿐 압도적인 가산점은 못 된다.

일단 심사 위원도 교수로서의 자존심이 있으니까.

"어찌 되었건 국제 콩쿠르라고 하기 창피할 정도로 해외 참가자가 줄어든 게 사실이지."

"그러니까 국방부도 아예 줄여 버린 거구나."

"맞아."

애초에 병역 특례라는 게 뭔가? 국가를 자랑스럽게 하는 사람들을 위한 일종의 상이 아닌가?

그런데 자기들끼리 짬짜미하면서 나눠 먹으니 당연히 의미가 없어지고, 어느 순간 부자 아들내미의 합법적 병역 면탈 수단이 되자 칼을 빼어 든 것이다.

"그리고 어차피 장형수 씨는 전공이 클래식도 아니잖아."

"그렇지."

장형수의 전공은 그림이다.

문제는 그림으로 병역 특례를 받는 제도 자체가 사라졌다는 거다.

이유는 그간 단 한 번도 그 특혜를 받은 사람이 없기 때문이다. 그도 그럴 게, 그림으로 사람을 납득시키고 이해시키기 위해서는 상당히 오랜 기간 경력을 쌓아야 한다.

진짜 극소수의 천재를 제외하고는 아무리 못해도 40대는 되어야 그 정도의 경지에 다다르는데, 그때까지 입대를 안 할 수는 없다.

"그래서 30년간 유지되던 미술 계통 특례병은 사라졌지."

이제 와서 그걸 살려 달라고 할 수도 없다.

"그러면 답이 없는 거야?"

"다른 방법이라도 찾아야 하는데……."

노형진은 떨떠름하게 장형수의 기록을 바라보았다.

"일단은 만나 봐야겠지?"

"차라리 군대를 보내 주세요! 지금 이게 대체 뭐 하는 짓이냐고요!"

장형수는 미칠 것 같은 얼굴이었다.

그럴 만하다. 이 상황에서 그가 할 수 있는 것은 없으니까.

"제가 무슨 큰 죄를 지은 것도 아니고, 차라리 군대에 갔다 오면 속이 편하겠습니다. 대체 언제까지 이래야 해요?"

"다른 쪽으로는 안 알아보셨어요?"

"알아봤죠. 이미 다 알아봤습니다."

하지만 방법이 없다.

오죽하면 징병관을 붙잡고 군대 좀 보내 달라고 빌기까지 했다.

"그런데 방법이 없대요. 차라리 면제가 더 빠를 거래요."

"그러면 차라리 군대에 디스크나 다른 걸로 빼 달라고 요청해 보죠."

폐렴이나 코델09바이러스는 치료 가능하지만 디스크나 류머티즘은 치료가 오래 걸린다. 동일 질병으로 인한 2회 귀가가 충족될 수도 있다.

"그 생각도 했죠. 그런데 그건 또 안 된대요."

"아니, 왜요?"

어이가 없다는 듯 고개를 갸웃하는 서세영에게 노형진이

쓰게 웃으며 말했다.

"치료하라고 집에 보냈잖아."

"그랬지?"

"그런데 치료하지 않고 다시 들어가잖아? 그러면 질병을 이용한 병역 면탈로 처벌 대상이야."

"아니 뭐, 별의별 조항을 다 만들어 놨네?"

"야, 그거야 별의별 방법을 다 쓰니까 그런 거지."

실제로 그런 사례가 있으니 조항이 하나둘 늘어나 결과적으로 진짜 환자들이 피해를 입게 된 거다.

"제가 디스크가 그렇게 심한 것도 아니고…….."

적당히 관리만 하면 복무 가능 수준인지라 면제는 불가.

"그러면 어쩌라는 거야?"

"글쎄."

일단 현 병역법으로는 마땅한 방법이 없는 상황.

"차라리 공군이나 해군으로 가면 안 되나?"

"안 되지."

"이미 해 봤습니다."

"아, 그래요?"

"네, 공군이 그나마 좀 쉽다고 해서 지원했습니다. 그런데 바로 탈락하더라고요."

공군도 해군도, 결국 지원으로 가는 곳이다. 그렇다 보니 아무래도 육군보다 장병의 질에 대한 선택권이 우선적이다.

멀쩡한 사람들이 넘쳐 나는데 육군 훈련소에서도 다섯 번
이나 귀가시킨 사람을 고를 이유가 없다.

"해군은요?"

"해군은 육군보다 더 힘들다고 그래서요."

"하긴, 그렇겠네요."

부대마다 다르지만 해군의 경우는 육군과 비교해서 위험
도가 높은 편이다.

실제로 배에서 미끄러져 바다에 빠지기라도 하면 금방 죽
는 데다가, 한국전쟁 이후에 몇 번이나 교전을 겪었던 만큼
병사들의 질에 신경을 쓰기도 한다.

더군다나 바다라는 특성상, 그리고 배라는 한정된 공간의
특성상 힘쓸 일도 많고 사방에 위험한 물건도 굴러다녀서 업
무 강도가 절대로 낮지 않다.

"해군?"

그때 갑자기 노형진의 머릿속에 번뜩 드는 생각이 있었다.

"잠깐만요. 그…… 전공이 미술이라고 하셨죠?"

"네."

"혹시 미술과 관련해서 상 받은 적 있습니까?"

"오빠? 그거 받아도 의미 없다면서?"

서세영이 고개를 갸웃하면서 물었다. 이미 미술 관련 특례
가 사라졌다고 말한 게 노형진이니까.

"아니, 한 가지 가능성이 있어."

"뭔데?"

"일단 상 받거나 한 적 있으십니까?"

"뭐, 몇 번은 있습니다."

다행히 장형수는 실력이 없는 건 아니었다. 그중에서도 특히 감각이 있는 스타일.

"그래요? 어떤 쪽인가요? 추상? 아니면 정밀? 소묘?"

"유화입니다."

"유화요?"

"네."

"혹시 그 작품이 있으면 볼 수 있을까요?"

노형진의 말에 장형수는 이해가 안 간다는 표정을 지었지만 이내 자신의 핸드폰에 저장된 몇 장의 사진을 보여 주었다.

자기 작품을 사진 찍어서 소지하고 다니는 건 예술 하는 사람들 입장에서는 흔한 일이니까.

"오, 잘 그리시네요?"

"감사합니다."

"그런데 풍경화…… 위주네요? 아니면 초상화나."

"제가 그 형이상학적인 건 이해가 안 되더라고요. 아직은 말이죠."

화가들에게도 개인의 취향이 있다. 나이를 먹거나 배움에 따라 스타일이 바뀌기도 하지만 말이다.

"운이 좋네요."

"그게 운이 좋다고요?"

"네. 이렇게 된 거 차라리 예술병을 노려 보시죠."

"예술병? 그건 또 뭐야?"

서세영은 노형진의 말에 고개를 갸웃했다. 처음 들어 보는 말이었으니까.

"아마 거의 대부분의 사람들이 모를 거야. 정확하게는 문화홍보병이라는 건데."

"문화홍보병요?"

"네. 해군에서 독자적으로 운영하는 겁니다."

"어째서? 왜?"

서세영은 전혀 이해가 안 가는 얼굴이었다.

해군이랑 문화는 상관이 없어 보였으니까.

"일종의 대민 지원이라고 볼 수 있지. 뭐, 공군이나 육군처럼 대민 지원을 하러 나갈 수는 없잖아?"

"아, 그건 그렇지."

육군은 매년 대민 지원이라고 해서 병사들이 많이 동원된다.

재난 지역 복구에 동원되기도 하고 때로는 다급한 수확을 도와주기도 한다.

물론 후자는 조건이 좀 까다롭기는 하지만.

공군도 마찬가지.

공군의 경우도 고정된 공항에서 근무하기에 아주 가끔이기는 하지만 대민 지원을 한다.

"하지만 해군은 그런 게 불가능하잖아."

"그렇겠네."

대부분이 배에서 근무하기에 육상 근무하는 인원으로 대민 지원을 하러 나가기는 힘들다.

그렇잖아도 숫자가 부족한데 그들마저 나가 버리면 군대가 안 돌아가니까.

그렇다고 대신 물고기를 잡아 줄 수도 없는 노릇이 아닌가?

"물론 구조 작전 같은 걸 하러 나가기는 하지만 그건 대민 지원이 아니라 업무의 영역이지."

즉, 군대라면 피할 수 없는 대민 지원이라는 걸 어떻게 해서든 채워 넣어야 한다. 그래야 해군도 홍보가 되니까.

"그래서 많은 걸 하지. 그중 하나가 바로 문화홍보병이야."

"아! 알 것 같다. 섬들은 대부분 문화적으로 완전히 고립되어 있으니까?"

"그래, 맞아."

제주도 같은 초대형 섬이 아닌 이상에야 대부분의 섬에서는 문화 산업이라는 것 자체가 생존할 수가 없다.

수익이 나지 않기 때문이다.

"당장 그런 섬들에서는 대중적인 영화도 상영하지 못하지. 수익이 나지 않거든."

그나마 좀 인원이 있는 섬의 경우는 소위 문화시설을 설치해서 싼값에 영화 정도는 틀어 주기도 하지만, 극소수에 불과하다. 그 외의 문화시설은 아예 전무하기도 하고.

"그러면 그 문화홍보병은……?"

"네, 그 부분을 메워 주는 게 바로 문화홍보병의 역할입니다."

섬을 돌면서 낙도 지역에서 진료를 봐준다거나 간이 영화관을 만들어서 영화를 틀어 준다거나 하는 등, 의외로 해군에서 하는 업무는 생각보다 많다.

"그러면 그림을 그려 주는 건가요? 그 동네에 벽화 같은 걸 그려 주나요?"

"그런 거 해 보셨나 보네요?"

"네, 그런 거 생각보다 많이 해 봤거든요."

각 지자체에서 미화 산업으로 오래된 동네의 벽에 그림을 그리던 시기가 있었고, 장형수는 그때 몇 번 관련 아르바이트를 해 본 적이 있었기에 당연히 그럴 거라 생각했다.

"그런 건 딱히 안 합니다. 사실 주민들도 그런 건 그리 원하지도 않고요."

그림을 그려 봐야 오래가지도 않고 관리하기도 힘들다.

어차피 한 6~7개월 지나면 더러워지고 누더기가 되기에 집주인이 싹 밀어 버릴 정도다.

게다가 누가 그 그림을 보겠다고 굳이 바다를 건너서 오지까지 오겠는가?

"그것보다는 교육입니다."

"교육?"

"네."

문화 산업이 모든 것에서 다 먹히는 건 아니다.

해외 경매장에서는 수십억을 호가하는 그림이, 그림을 모르는 사람에게는 먹지도 못하는 쓸모없는 물건 취급당할 수도 있다.

"그런데 섬이라고 해서 아이들이 없는 건 아니거든요."

"아아~."

낙도에도 아이들은 있고 그 애들은 교과과정으로 미술을 배운다.

"하지만 그 수준이 좀 뻔하달까요."

"무슨 소리인지 알겠네요."

그런 섬에서 근무하는 선생님의 경우 전공이 예술 계통일 가능성은 전혀 없다고 봐도 무방하다.

낙도는 근무 기피 지역이고 그런 근무 기피 지역에 보내지는 건 대부분 남자 선생인데, 정작 예술을 전공하는 선생님들은 대부분 여성이기 때문이다.

"거기다 그런 곳은 대부분 선생님 한 분이 모든 걸 다 커버하시죠."

"맞아. 그건 그래."

좀 크다고 하는 학교도 교장 겸 교감 한 명, 선생님 한 명 이렇게 굴러가기도 한다.

"그래서 의외로 그런 부족한 부분을 해군에서 커버해 줍니다."

예술 관련 교육도 하고 마술 공연이나 창, 민요 같은 전통 공연도 보여 준다.

　　"지금은 모르겠지만 과거에는 컴퓨터 교육도 해 주고 그랬죠."

　　노형진의 설명을 들으며 장형수는 점차 진지한 얼굴로 변해 갔다.

　　"그런 거라면……!"

　　"네, 힘들겠지만 불가능한 건 아닐 겁니다."

　　물론 그렇다고 해서 배를 안 타는 건 아니다.

　　하지만 내내 바다에서 근무하는 것과 바다를 얼마간 이동하는 것은 전혀 다르다.

　　바다를 이동하는 것 정도는 버틸 만하다.

　　"그리고 지상에서 선생님 노릇을 한다면 충분히 버틸 만하지 않으시겠습니까?"

　　"배보다야 쉽겠죠."

　　장형수도 인정한다는 듯 고개를 끄덕거렸다.

　　그런 거라면 자신도 버틸 수 있을지도 몰랐다.

　　"그러면 그쪽으로 가 봐야겠는데요?"

　　"일단 알아보죠."

　　노형진은 바로 자리에서 일어났다.

　　그러나 병역 필의 길은 멀고도 험했다.

예술계의 그림자

"애매하다."

아무리 이 문화홍보병이라는 보직이 사람들에게 알려지지 않았다지만 지원자가 아예 없는 건 아니다.

직접 찾아서 오는 사람들도 있고, 편하게 군 생활을 할 만한 곳을 브로커 등을 통해 알아보는 경우도 있다.

그리고 노형진 또한 잘 아는 군대 브로커가 있기에 그에게 그것과 관련된 정보를 부탁했다.

"어?"

"애매하다고."

남상진은 귀찮다는 듯 말했다.

"간만에 연락하기에 돈 좀 되는 거 있나 싶었더니."

"돈은 이번에 우크라이나에서 많이 벌지 않았어?"

"벌어도 벌어도 부족한 게 돈이지. 그리고 그렇게 안 벌었으면 이런 같잖은 부탁을 들어줄 것 같아?"

짜증스럽게 말한 남상진은 차갑게 말했다.

"문화병 자리가 딱 하나 남았어."

"오, 그러면 다행인데?"

"그리고 내정자가 있지."

"뭐? 그게 뭔 소리야? 내정자라니?"

노형진은 어이가 없다는 듯 되물었다.

그러자 남상진이 비웃음을 날렸다.

"이 바닥은 다 돈이야. 육군에서도 꿀보직은 백 있고 돈 있는 새끼들한테 굴러가는데 해군이라고 안 그렇겠냐?"

"끄응."

"솔직히 말해서 그 문화홍보병이라는 자리를 해군에서 진짜로 국민들의 문화 영유를 위해 운영하겠냐? 그렇잖아도 인원이 부족해서 난리인데."

"하아~."

하기야, 부정할 수 없는 사실이다.

소위 말하는 꿀보직 자리고, 그 자리를 노리는 놈이 왜 없겠는가?

해군 입장에서는 일종의 겸사겸사라는 느낌이 강할 거다.

문화 홍보도 하고 낙도에 문화 지원도 하고 높은 분들 군

생활도 좀 편히 하게 해 주고.

어떤 사람들은 정치적 이유로 자식의 군필이 필요하기도 하니까.

하지만 그들이 정말로 자식이 최전방에서 혹한을 견디면서 군 생활 하기를 기대하는 건 아니다.

"그래서, 내정자가 있다?"

"그래. 조만간 모집 발표가 나기는 할 테지만, 십중팔구 민용서라는 놈이 들어갈 거다."

"그게 누군데?"

"전 기획재정부 장관 손자."

그 말에 노형진은 눈을 찡그렸다.

군대가 아무리 힘이 세다고 해도 결국 돈은 기획재정부에서 받아야 한다. 그런데 전 장관?

아무리 전 장관이라지만 입김이 약하지는 않을 거다.

"전 장관 손자가 내정자라고……?"

"그래."

"아니, 왜 손자를 굳이 해군에 보내려고 하는 거야?"

"둘째가 다음 총선에 출마 예정이야."

"설마 그 민용서라는 놈이 그 둘째의 아들이야?"

"맞아."

"지랄 났네."

정치판에서 자식의 군대 문제는 아주 심각하게 받아들여

지는 요소다.

실제로 그 문제로 대통령 선거에서 당락이 바뀌었을 만큼 사람들은 권력을 이용해서 자식을 빼 주는 행위를 싫어한다.

"그런데 그 민용서가 빠질 만한 구멍이 없거든, 누구 덕분에."

"아아~."

노형진이 한번 그 문제로 발칵 뒤집었고 그 과정에서 여럿이 잡혀 들어갔다.

더는 연기도 불가능한 민용서 입장에서는 좋든 싫든 가야 하는 군대.

"그러니 편한 곳으로 빼 주겠다?"

"그래."

대충 해군에 문화홍보병으로 넣고 그 후에 섬 하나에서 근무시키며 교육이라는 이름으로 방치하는 거다.

당연히 그곳에서 게임이고 뭐고 마음대로 하고 술 처먹을 거 다 처먹으면서도 생활이 가능하다.

왜냐, 그런 교육이 가능한 섬은 그나마 사람이 많은 섬이니까.

"말로는 노화도에 배치한다고 하더라."

"노화도? 거긴 제법 큰 곳 아니야?"

남해에 위치한 노화도는 섬치고는 엄청 큰 곳이다. 중학교, 고등학교까지 다 있다.

애초에 고등학교까지 다 존재한다는 것은 학생 수가 충분하다는 의미이니 미술 학원 같은 것도 있을 가능성이 크다.

물론 서울에 있는 전문 입시 학원 수준까지는 힘들겠지만 초등학생을 가르치는 정도는 얼마든지 가능한 섬이라는 것.

"왜 거기로 보내는 거야?"

"백령도 같은 데에 배치했다가 재수 없이 북한에서 포격이라도 하면 좋 되지 않겠어? 백령도는 평양에서 가장 가까운 섬이잖아."

"무슨 소리인지 알겠다."

혹시나 고귀하신 몸 다치실까 걱정되어서 안전한 지방으로 내려보내겠다는 소리다.

"그래서, 실력은?"

"그건 왜?"

"아무리 내가 장형수 씨를 대리한다고 해도, 그 민용서라는 사람이 실력이 더 좋은데 빼내라고 할 수는 없으니까."

"뭐, 내가 말해 주는 것보다는 네가 보는 게 낫겠지. 나는 그림에 대해서는 영 관심이 안 가서."

남상진은 예상이나 했다는 듯 핸드폰으로 사진 몇 점을 보내 줬다.

그리고 노형진은 첫 사진을 보면서 고개를 갸웃했다.

"이게 뭐야?"

"보면 모르냐? 소묘잖아."

"그러니까. 딱히 잘한 것 같지는 않은데? 오히려 이 정도면 못한 거지.”

소묘란 연필, 목탄, 철필 등으로 사물의 형태와 명암을 중점적으로 그리는 것이다.

그리고 미술을 하는 사람들에게 있어서 기본 중의 기본이며 최소한의 실력이다.

왜냐하면 소묘는 똑같은 대상을 똑같이 그리는 것이기에 객관화가 가능한 영역이기 때문이다.

대학 입시에서 왜 굳이 석고상 하나 두고 그리게 하겠는가?

석고상은 공산품이라 어느 물건이나 똑같고 굴곡이 심해서 그 자체로써 명암도 상당히 튀는 물건이다. 객관화를 가장 편하게 할 수 있는 물건이기도 했다.

그래서 최소한의 기준점을 잡고자 미술에서는 소묘를 실기 방식으로 잡고 대상을 석고상으로 잡는 것이다.

“그런데 이건 아무리 봐도 잘했다고 보기는 힘들지 싶은데.”

선이 좀 투박하고 정밀하지 않았다.

물론 나름의 멋이 있다고 볼 수도 있겠지만, 그렇다 해도 ‘와, 실력 좋다.’라고 말할 수는 없는 수준.

“대학 입시 작품이다.”

“설마?”

“아마 그 설마가 맞을걸.”

미술은 객관화가 극도로 힘든 학문이다.

시대에 따라, 감성에 따라, 그리고 역사에 따라 해석이 완전히 달라진다.

당장 한국의 고전이 서양에서는 안 먹히고 서양의 고전이 이슬람 국가에서는 안 먹힌다.

그래서 입시 비리가 상당히 자주 일어나는 곳이기도 하다.

면접 점수에서 10점 만점 때려 버려도 심사 위원의 개인적 판단이라고 해 버리면 그만이니까.

"그래도 이것만으로 판단하기는 힘든데. 다른 그림은 없어?"

연장에 연장을 해서 지금 군대를 가야 하는 상황이라면 이 그림은 최소한 6년 전 작품이라는 뜻이다.

6년이면 한 사람이 성장하기에 충분한 시간이고.

"넘겨 봐."

다음 사진을 넘겨 본 노형진은 눈을 찡그렸다.

가운데에 파란 점과 빨간 점 그리고 사방에 네 개의 검은 점이 찍혀 있었다.

"이게 뭐야?"

"〈태극과 건곤감리〉."

"뭐? 이게 태극기라고?"

"태극기의 극단적 단순화를 통해 복잡하지 않은 방식으로 애국심을 고취시키자는 생각으로 그린 거란다."

"얼씨구?"

노형진은 그다음 사진을 봤다.

나선으로 꼬인, 소위 유전자 형태의 선 두 줄.

"〈운명의 굴레〉. 찰나의 순간만을 만날 뿐 영원히 함께할 수 없는 운명의 표현이래."

"그러면 이건?"

그다음에 있는 건 거대한 파란색의 원 하나.

"〈지평선〉. 인간이 볼 수 있는 거대한 지평선의 끝은 영원히 원일 수밖에 없다는 의미래."

"뭔 개소리야?"

노력이고 뭐고 아무것도 없이, 그냥 점 하나 찍든가 아니면 선 두어 개 그리든가 한 것뿐이었다.

"몰라. 그런데 내가 아는 사람이 그러더라, 아가리 파이터형 예술이라고."

"뭔 형 예술?"

"말 그대로야."

원래 미술은 그림으로 말하고 그림으로 감정을 전달한다.

실제로 현대미술이 애들 장난 같아 보이지만 실험 결과 애들 장난과 현대미술을 섞어 놨을 때 전문가들은 거의 대부분 현대예술만을 집어내는 데 성공했다.

즉, 그림 안에서 일반적으로는 읽지 못하는 다른 걸 읽어낸 것.

실제로 스탕달 신드롬이라고 해서 명작을 봤을 때 환희나 공포, 두려움 같은 걸 느끼는 심리적 증상도 있으니 그림을 봤을 때 자기가 아무것도 못 느낀다고 해서 그게 쓰레기인 것은 아닌 것이다.

"그런데 말이지, 그게 안 되는 놈들이 아가리를 그렇게 턴
단다."

"아아~."

그림에서 나오는 기세로 사람에게 압박을 주거나 환희를
주는 게 쉽겠는가? 그게 쉬웠다면 아마 미술 병역 특례가 사
라지지는 않았을 거다.

그런데 그렇게 그릴 실력이 안 되니까 그림에 나름대로의
의미를 박아 넣고 그에 대해 설명한 뒤 '네가 그림을 이해 못
한다면 그건 네가 예술을 몰라서야.'라고 덧붙이는 놈들이
꼭 있다.

미술뿐만 아니라 영화나 게임판에도 있는 게 그런 놈들이다.

"예술계에서는 그런 놈들을 아가리형 예술가라고 털더라.
아, 이건 비밀로 해 달래. 자기도 곤란해진다고."

"아가리형 예술가……."

척 봐도 그래 보인다.

사진이 아무리 예술의 감정을 그대로 전달하지 못한다지
만 그래도 이건 너무 성의 없는 수준이니까.

"전공이 뭔데?"

"현대미술."

"잘 갔네."

"그렇지, 잘 갔지."

현대미술은 해석의 여지가 엄청나게 넓다.

그래서 제작자가 그에 맞는 해석을 박아 넣으면 그 자체가 예술이 된다.

반대로 말하면, 진짜 아가리형 예술가들이 있는 척하기에는 가장 좋은 영역이라는 거다.

물론 진짜로 실력 좋은 사람은 그 작은 점에도 감각과 가능성 그리고 미래를 넣지만, 아가리형 예술가들이 그럴 리가 없다.

"그런데 현대미술을 애들한테 가르치겠다고?"

성인도 대부분 이해하지 못하는 게 바로 예술이고, 그중에서도 현대미술은 더더욱 난해하다. 그걸 과연 초등학생이 알아들을까?

그걸 알아들을 정도면 진짜 역대급 천재라고 봐야 한다.

"핑계니까. 솔직히 교육이야 상관있겠어?"

중요한 건 예술을 하고 있다는 핑계지, 실력이 아니라는 거다.

"그래서 내정이라……."

"사실상 그래. 애초에 문화 홍보 병과 티오가 많은 것도 아니고."

"흠……."

"물론 지원은 얼마든지 할 수 있겠지. 하지만 답이 안 나올걸."

노형진은 그 말에 심각한 얼굴로 고민에 빠졌다.

⚖️

노형진은 장형수를 만나서 상황을 이야기했다.

그런데 의외로 장형수는 민용서를 알고 있었다.

"그 새끼가 여기서 튀어나오네? 와, 어이가 없네."

"아는 사이예요?"

서세영이 의아한 듯 물었다.

"같은 학교입니다."

"네? 같은 학교요?"

"아, 그렇겠네요."

그 말에 노형진은 아차 하며 고개를 끄덕거렸다.

"엄밀하게 말하면 그 새끼가 저보다 1년 선배입니다."

"그런데 그리 좋지 않게 생각하시나 보군요."

"좋게 생각할 수가 없어요. 애초에 개새끼라. 그 새끼 때문에 휴학한 애들이 몇 명인데요? 졸업 작품이라고 장난만 치고. 그리고 똥군기의 화신이었어요. 다른 사람들은 가만히 있는데 혼자서 지랄했다니까요. 아니, 2학년 이하는 핸즈 프리 쓰지 말랍니다. 선배랑 통화할 때 핸즈 프리를 쓰는 건 예의가 아니래요."

그 말에 서세영은 쓰게 웃었다.

그녀도 한때 경찰을 목표로 하다가 그런 똥군기로 인해 때려치우고 변호사로 방향을 바꿨으니까.

하지만 노형진은 그것보다는 다른 데에 관심을 가졌다.

"졸업 작품에 장난을 쳤다는 건 무슨 말씀이시죠?"

"뭐더라, 〈지평선〉이라던가?"

"아아~."

노형진은 그걸 봤기에 이해가 간다는 듯 고개를 끄덕거렸다.

그리는 데 30분, 아니 10분도 안 걸렸을 것 같은 작품.

"심지어 그게 졸업 작품이었습니까?"

"네. 아세요?"

"어쩌다 보니 봤습니다."

졸업 작품은 모든 예술 계통 학생들에게는 가장 심각한 문제다. 왜냐하면 커리어 1호라고 볼 수 있기 때문이다.

졸업하기 이전에 제출하는 것은 커리어가 아니라 과제라 볼 수 있기에, 제대로 된 작품으로 홍보하거나 팔아먹지도 못한다.

하지만 졸업 작품은 외부로 나가는 첫 번째 작품이라 교수들도 영 시답잖으면 빠꾸 해 버린다.

"그래서 졸전을 할 때는 한두 달씩 집에 못 가는 경우도 많아요."

"졸전?"

"아, 졸업 전시회라고 합니다. 졸작은 졸업 작품을 말하고요."

그런데 저런 걸 작품이라고 내놨으니 보통이라면 통과시키지 않았을 거라는 것.

"보통이라면 말이군요."

"네."

그런데 통과되었다면 이유는 뻔하다.

"그러면 그 후에 다른 문제는 없었습니까?"

"뭐, 연락하고 지내는 인간도 아닌지라."

"흠."

일단 둘 다 군대를 가야 하는 상황. 그 상황에서 문화홍보병의 자리는 단 하나.

"기분이 좀 나쁘네요."

"뭐, 예술계 문제야 하루 이틀 일도 아니니까요."

노형진의 말에 장형수가 쓰게 웃으며 말했다.

"그리고 저도 매장당하다시피 한 상황이라……."

"네? 매장요?"

이건 또 뭔 소리란 말인가?

"군대 문제 말고 다른 일이 또 있습니까?"

"아…… 뭐, 그 군대 문제야 제 개인적인 문제고요."

"알고 있습니다. 다만 예술계에서 매장당했다고 하시기에요. 제가 뭐, 개인적으로 예술 계통과는 사이가 그다지 좋지는 않아서 호기심이 생기네요."

노형진의 말에 장형수가 어색하게 머리를 긁적거렸다.

"그…… 옛날에 미술전에서 분쟁이 좀 있었습니다."

"무슨 분쟁요?"

"그…… 후배 중 한 명이 제 그림을 베껴서 그렸거든요."

"베꼈다고요?"

"네. 거의 흡사하게 베꼈더라고요."

자세히 보면 다르기는 하지만 구도, 색감 그리고 풍경까지, 누가 봐도 이건 둘 중 하나가 베꼈다는 느낌이 들 수밖에 없는 그림이었던 것.

"그런데 그걸 해외 전시회에 제출했어요."

"미친 겁니까?"

"미친 거죠. 저도 그래서 대판 했습니다."

사실 베낀 것도 베낀 거지만 가장 큰 문제는 그 해외 전시회에서 그걸로 입상, 그것도 최우수상을 받았다는 거다.

"사실 저도 거기에 출전하려고 했는데 교수님이 나가지 말라고 해서 안 나간 건데."

그 말에 노형진은 묘한 표정이 되었다. 대충 그림이 나왔기 때문이다.

교수쯤 되면 이게 좋은 그림인지 나쁜 그림인지 모를 리가 없다.

"그래서 뭐라고 하던가요?"

"아, 뭐…… 네까짓 게 어쩌겠냐고 하던데요?"

"후배가요?"

"네. 잘나가는 집안 놈이었거든요. 그래서 교수님도 그놈 편만 들고."

"그래서요?"

"화가 나서…… 결국 고자질했죠. 그래서는 안 되었는데."

화가 나서 결국 해당 대회 주최 측에 증거를 제출하며 항의했다고 한다.

그냥 그림만 있는 거였다면 당연히 증거가 없다고 무시되었겠지만, 한국 내 작은 전시회이긴 해도 출품 기록과 팸플릿이 있으니 입증하는 건 어렵지 않았던 것.

"그거 표절이잖아요? 예술계에서 표절은 엄청 예민하게 적용되지 않아요?"

서세영은 기억이 날 듯 말 듯 한지 고개를 갸웃하며 물었다.

"엄청 예민하죠. 그래서……."

한숨을 푹푹 쉬는 장형수.

"안 좋게 해결되었나 보군요."

"네, 그…… 당시 그놈의 예술가로서의 커리어는 끝난 꼴이 되었고……."

후배 입장에서는 해외 첫 커리어였고 심지어 최우수상을 받으면서 미술계에서 큰 관심을 받는 상태였다.

그런데 그런 상황에서 표절이 드러났으니 수상이 취소되고 해당 전시회에 출연 금지가 떨어진 것.

"교수님은 저한테 막 뭐라고 하더라고요. 솔직히 졸업도 간

신히 한 겁니다. 군대에 가려고 발악한 것도 그냥 좀 피해 볼까 한 것도 있고요. 일이 더럽게 꼬여서 이 지경이 된 거지만."

노형진은 어이가 없다는 얼굴이 되었다.

"그래서요? 그 후에는 어떻게 되었는데요?"

"한국이 뭐, 똑같죠."

그는 업계에서 말 그대로 생매장된 수준이란다.

화가로서 활동하기 위해서는 그림을 팔아야 하는데 아무도 안 사는 걸 넘어서 아예 딜러들이 그의 작품을 보여 주지도 않는다고.

"그 후배 놈은…… 이제 나름 잘나가고 있더라고요."

"표절한 게 다 소문나서 커리어가 끝장났다면서요?"

"전 세계적인 블랙리스트 같은 건 없으니까요."

"아아~."

한국 내에서는 아예 사건을 싹 다 덮어 버리고 전시회도 하고 초청도 받아 가면서 예술 하고 있다고.

해외에서는 표절 작가들을 확인하는 극소수의 대형 전시회만 피하며 아예 모른 척하면서 잘만 살고 있다고 한다.

"헬조선스러운 결말이기는 하네."

노형진은 황망한 얼굴로 허허허허 웃었다.

"진짜 그러네."

"네. 뭐, 제 상황이 그렇습니다. 그래서 차라리 군대에 갔다 와서 취업이나 빨리 하고 싶었는데."

한심스럽다는 듯 자신의 몸을 내려다보는 장형수.

'그래서 군대 군대 노래를 부른 거였구먼.'

이대로는 허송세월만 하다가 화가로도, 그렇다고 노동자로도 재기할 방법이 없게 된다.

"그래도 일단 그 문화홍보병으로 입대하실 생각은 확고하신 거지요?"

"네, 어차피 가르치는 걸 안 해 본 것도 아니고."

"해 보셨어요?"

"저희 집이 잘사는 집은 아니라서요. 예술 하는 거 돈 엄청 들어요."

"그건 알죠."

"그래서 그, 애들 가르치는 미술 학원에서 아르바이트를 계속했습니다. 입시반이나 전문가반은 힘들어도 초등학교, 중학교까지는 어떻게 가능하니까요."

"아아~."

그런 거라면 문화홍보병으로 가서도 편할 거다.

교육은 경험이 있고 없고의 차이가 큰 편이니까.

"완전히 기회이기는 한데."

하지만 서세영은 떨떠름한 얼굴이었다.

누가 봐도 문화홍보병으로 갈 수 있는 스펙이기는 하지만 노형진이 이미 내정자가 있다고 하지 않았던가?

"오빠, 어떻게 생각해? 이대로라면 아무래도 그 자리는 민용서가 차지할 것 같은데."

"다른 방법을 찾아야지."

"하지만 이건 불가능하잖아?"

법적으로 군대에서의 보직 배정에 대해 외부에서 터치할 수는 없다. 보직은 필요해서 존재하는 거니까.

그렇기에 노형진이 그걸 문제 삼아서 마음대로 없애거나 자리를 늘리라고 할 수는 없다.

"예술이라는 건 진짜 애매하네."

민용서의 실력이 애초부터 바닥이라면 그걸 물고 늘어지 겠는데, 현대미술의 특성상 그걸 논하기 시작하면 의미 부여 의 가치가 더더욱 높아지는 편이다.

"그러니까 전시회를 해야지."

"전시회?"

"그래."

노형진의 말에 장형수가 기겁했다.

"노 변호사님, 저 그럴 돈 없어요!"

전시회라는 건 엄청난 돈을 들여야 하는 영역이다. 괜히 부자들만 하는 게 아니라는 거다.

"민용서는 단독 전시회도 몇 번 한 것 같던데요?"

"그랬겠죠. 걘 부자니까."

전시회에 단 한 명도 오지 않아도 상관없다.

중요한 건 전시회를 했다는 거고, 그 사실 자체만으로도 타이틀이 되기 때문이다.

"그러니까 우리도 하는 겁니다."

"하지만 뭐로?"

"아가리 파이터."

"뭐?"

"아니, 예술의 파멸성에 대해 이야기하는 거지."

노형진은 씩 하고 웃으며 말했다.

"예술이란 그런 거니까."

"아니, 저는 돈이 없다니까요. 아무리 작은 곳을 잡아도 전시회 한 번 하는 데 돈이 천만 단위는 족히 들어요."

"아, 걱정 마세요. 제가 낼 겁니다."

"노 변호사님이요?"

"오빠가?"

"응, 내가 낼 거야. 그렇잖아도 예술계랑 몇 번 부딪쳤는데……."

여전히 썩었고 여전히 부패한 상황.

그런 상황이라면 다시 한번 쥐고 흔들어서 정신 차리게 해 줘야지 어쩌겠는가?

"저도 이참에 예술을 좀 해 볼까 합니다."

"오빠가?"

"예술은 생각보다 쉽단다, 동생아."

"그림은 졸라맨밖에 못 그리잖아?"

"아니, 그림만 예술이 아니야."

행위 예술도 있고 설치 예술도 있다.

"나 같은 경우는…… 음…… 자본 예술?"

"뭐야, 그게?"

"예술은 장르를 창조할 수 있지. 그리고 나는 자본 예술의 창시자로 남을 거야."

히죽 웃는 노형진과 어이가 없는 얼굴로 바라보는 서세영.

하지만 그걸 하기 전에 확실히 해야 할 게 있었다.

"장형수 씨."

"네?"

"다만 제가 이걸 뒤집어엎으려면 도움이 필요합니다."

"도움요?"

"네, 아마 장형수 씨가 그 가운데에 서시게 될 겁니다."

"제가요?"

"네. 유명해지실 테고 또 돈도 많이 버시겠지만, 예술계랑 전면전을 치러야 할 가능성이 높습니다."

그 말에 장형수의 얼굴이 굳었다.

군대나 갔다 와서 취업이나 하려고 했는데 갑자기 예술계 랑 전면전이라니.

"하지만 성공한다면 역사에 남는 예술가가 되실지도 모르죠."

"역사에 남는 예술가……."

그 말에 장형수는 고민했다. 그러더니 이내 마음을 굳혔다.

"어차피 예술가는 배고프고 힘든 길이죠. 지금도 왕따, 아니 매장당했는데 싸우는 게 뭔 대수인가 싶네요."

"좋습니다. 그러면 제가 예술 한번 해 보죠."

"예술이라 하시면⋯⋯?"

노형진은 장형수의 질문에 자신 있게 웃으며 말했다.

"변호사에게 예술은 승리입니다, 후후후."

⚖

노형진은 예술에 대해 잘 모른다.

기본적인 지식은 알고 있지만 그렇다고 잘 아는 것은 아니다.

그리고 예술계와의 관계를 보자면 예의상으로라도 좋다고 할 수가 없다.

왜냐하면 예술계의 허영을 이용해 몇 번 사건에서 이긴 적도 있고, 실제로 소위 전문가 또는 평론가의 얼굴에 똥칠을 한 적도 있기 때문이다.

그랬기에 노형진이 예술계에 진출한다고 했을 때 다들 우려했다.

그리고 그게 예술계에 대한 도발이라고 확신했다.

예술 파멸전. 이해할 수 없는 세계

"이건 모독입니다!"

"이건 모욕이에요!"

노형진의 발표에 다들 기겁하면서 항변했다.

이유는 간단했다.

"아니, 씨팔. 예술을 희화해도 유분수지!"

노형진이 여는 전시회는 전시회이지만 전시회가 아니다. 어떻게 보면 게임이다.

수많은 작품들이 전시되는데, 그중 일부만이 전공자가 그린 진짜 예술품이고 상당수는 전공은커녕 그림 한번 안 그려 본 사람들이 그린 현대미술이다.

하지만 그런 작품들에도 그럴듯한 설명이 붙어 있어서, 관람자들은 그중에서 진짜 예술품을 찾아내야 한다.

그리고 그걸 많이 찾아낼수록 선물을 많이 주는 '게임'.

황당하지만 흥미로운 게임이었다.

물론 예술계는 발칵 뒤집혀서 바로 전시장으로 몰려왔다.

"지금 뭐 하자는 겁니까!"

"어쩐 일이십니까?"

노형진은 아무것도 모르는 듯 천연덕스럽게 그들을 맞이했다.

"지금 예술을 모독하는 건가요!"

"모독요? 저도 예술 하는 건데요?"

"뭐요?"

"상업, 아니 자본 예술을 하는 겁니다."

"자본 예술?"

"네. 예술에 한계가 어디 있어요?"

확실히 예술에는 한계가 없다.

형이상학적이면서도 의미를 부여하기 좋은 예술은 그 자체로도 인정받는다.

실제로 모 예술가가 예술이라며 벽에 바나나를 하나 붙여 놨는데, 누군가가 그걸 먹어 버리는 일이 발생했다.

하지만 그 예술가는 누군가가 바나나를 먹는 그 자체를 예술의 완성이라고 표현했다.

"저는 예술 하면 안 됩니까?"

"그……."

"하지만 우리 예술계를 모독하는 행동은……."

"그래요? 제가 뭘 모독한 거죠? 아, 그리고 예술계가 신성불가침의 영역이라도 됩니까?"

"그거야……."

당연히 아니다.

예술계는 신성불가침의 영역이 아닐뿐더러 부패도 있고 변질된 세상도 있기 마련인 곳이다.

"뱅크시 무시하나요?"

"그……."

뱅크시는 익명의, 전 세계적으로 가장 유명한 예술가 중

한 명이다.

경매장에서 자신의 작품이 낙찰되는 순간 그라인더로 갈아 버렸다.

상업화되고 가치가 기준화되는 예술계를 비판하기 위함이었다는데, 그 결과 도리어 해당 작품이 어마어마한 의미를 가지면서 가격이 미친 듯이 뛰는 아이러니한 일이 벌어지기도 했다.

"여러분이 뱅크시보다 유명하거나 뱅크시보다 비싸게 팔았거나 아니면 뱅크시보다 충격적인 작품을 내놓으셨습니까?"

"……."

뱅크시는 온갖 곳에 그림을 그린다.

벽에도, 지하철에도, 심지어 전쟁이 터진 우크라이나까지 들어가서 그림을 그릴 정도로, 그는 철저하게 익명으로 활동하면서 현대미술을 비꼰다.

"……."

"그분은 비판해도 되고, 저는 하면 안 됩니까?"

"당신이 예술에 대해 뭘 알아! 미대도 안 나온 놈이!"

누군가 발끈해서 소리를 질렀다.

그러자 노형진은 씩 하고 웃었다.

"그 말은 미대를 안 나왔으면 예술에 대해 이야기할 수 없다는 뜻인가요?"

그 말에 소리를 지른 남자는 아차 하면서 찔끔했다.

"아니, 그건 아니고…….."

"미대에 가지 못한 사람은 예술도 하면 안 되는 거군요."

"그런 말이 아니라…….."

"그런데 제가 왜 예술 하면 안 됩니까?"

그나마 이성적인 사람이 조심스럽게 말했다.

"이게 도대체 무슨 의미가 있단 말입니까?"

"뭐가요?"

"이 행동이요."

"아니, 행위 예술도 있는데 자본 예술이라는 건 없으리라
는 법 있습니까?"

"자본 예술?"

"네, 돈지랄을 얼마나 혁명적으로 할 것인가."

"도…… 돈지랄을 혁명적으로?"

"네."

노형진은 당연하다는 듯 말했다.

"이것도 하나의 예술입니다. 돈을 얼마나 무가치하게 쓸
것인가."

"그 대상이 예술이란 말이오?"

"멋진 거 아닙니까?"

예술의 가치는 사람의 공감에서 나온다.

그런데 어느 순간 의미를 강조하고 강요하는 시대가 되었다.

"그러니 저는 예술의 의미를 돈으로 사겠다 이겁니다."

진짜 예술 작품을 찾아라.

타인이 부여한 의미로 예술을 감상하지 말고, 직접 보고 스스로의 눈으로 판단하라.

"이게 바로 제 예술의 의미입니다."

"그런……."

명백히 의미가 있고 그에 따른 행위가 있다.

예술이라는 게 그런 거라면 노형진은 지금 상업, 아니 자본 예술이라는 새로운 장을 열고 있는 거다.

"자, 들어오세요."

노형진은 슬쩍 비켜 주면서 말했다.

"이 안에서 예술 작품을 골라내 주시면 됩니다."

그 말에 다들 똥 씹은 얼굴로 바라보다가 휙 돌아서 가 버렸다.

그들이 떠나자 전시장 안에서 장형수와 서세영이 나타났다.

"오빠, 이거 괜찮아?"

"뭐가?"

"아니, 심사가 뒤틀린 것 같은데."

"원래 심사를 뒤틀려고 만든 거야."

노형진은 피식 웃으며 말했다.

"그리고 이슈화하려고."

"이슈화를 하신다고요?"

"네."

노형진은 그렇게 말하면서 손가락으로 옥상을 가리켰다.

그러자 그곳에서 한 남자가 손가락을 척 세우며 웃었다.

"관심을 끌어내면 당연히 사람들이 오지 않겠습니까, 후후후."

얼마 후 TV에서 한 가지 재미있는 뉴스가 보도되었다.

한국 전문가들, 예술 파멸전 심사 거부

한국 전문가들, 예술 파멸전에서 실패할까 두려워 도주한 것인가?

새로운 자본 예술이라는 영역. 과연 예술인가, 아닌가?

"이게 뭔 소리야? 도망갔다고?"

"응, 도망가더라."

"헐? 너 봄?"

직원 중 한 명은 관심을 가지고 다녀왔다는 친구에게 물었다.

"작품을 제대로 골라내면 선물을 준다는데 한번 가 볼 만하지. 뭐, 건진 거라고는 고작해야 애들용 축구공이지만."

"오? 진짜? 그래도 고작 축구공 하나는 너무했다."

"아, 그거 맞힌 거에 따라 달라. 우리는 애들이 제 맘대로 투표해서 축구공을 받았지만, 가장 많이 맞히면 와이패드도 준다던데?"

"와우, 진짜로?"

"그래, 쉽지는 않지만."

"쉽지 않다고?"

"죄다 그럴듯해."

그림에 문외한인 사람들 입장에서는 걸려 있는 작품들이 죄다 그럴듯해 보이고 이해가 어려운 모습이었던 것.

"한번 가 봐. 의외로 볼만하더라. 애들도 생각할 거 많고."

하긴, 아주 어린 애들이야 그냥 마음대로 한다고 해도, 중학생쯤만 돼도 뭔가를 받기 위해 예술에 대해 심각하게 고민하기 시작할 테니 교육용으로는 나쁘지 않은 전시회였다.

더군다나 와이패드라면 아이들이 가장 가지고 싶어 하는 물건이 아니던가?

"그래? 한번 가 볼까?"

⚖

"미어터지네요, 진짜."

"그러니까."

사람들은 예술이라고 하면 어렵고 복잡한 거라고 생각한다.

그렇지만 이 예술 파멸전은 그럼에도 불구하고 사람들이 바글바글했다.

상품을 얻을 수 있다는 것뿐만 아니라 스스로 생각할 수 있는 장이라는 것에도 많은 사람들이 관심을 가졌기 때문이다.

설명은 다들 그럴듯하지만 이게 진짜 예술인지 아니면 그냥 장난인지 판단하는 건 어디까지나 개인의 역량이니까.

"평론가 쪽은 개판 났던데?"

"오, 그래?"

"오빠가 저지른 거니까 관심 좀 가지지?"

"하하하."

"지금 평론가 패거리가 둘로 나뉘어서 진짜 멱살잡이라도 할 태세야."

"그럴 것 같기는 했다."

노형진에게 개인감정이 없거나 우호적이거나 아니면 객관적으로 보는 사람들은 이 자본 예술이라는 것에 대해 의외로 호의적이었다.

'비록 돈지랄 같지만 일반인이 예술에 대해 이토록 진지하게 생각할 수 있는 기회가 어디 있느냐. 사람들이 예술과 그 의미에 대해 생각하게 한 것만으로도 이건 예술의 완성이다.'라고 생각한 것.

하지만 노형진에게 원한을 가진, 노형진 때문에 얼굴에 똥칠을 한 사람들은 '이건 예술에 대한 모독이다.'라고 생각해, 호의적인 측과 치열하게 싸우고 있는 것이었다.

"이게 맞기는 하죠."

그때 장형수가 그들에게 슬며시 다가왔다.

"뭐가요?"

"한국에서는 예술에 대한 토론이 금기시되어 있거든요."

"네?"

"웃기지만 그래요."

서세영은 장형수의 말에 깜짝 놀랐다.

"금기라니요?"

"신인은 위의 평가를 그대로 받아들여야 하고, 기성세대의 예술을 비평해서는 안 됩니다."

"아니, 뭐……."

도무지 이해할 수 없다는 표정으로 장형수를 바라보는 서세영.

그러나 노형진은 그 이유를 아는 듯했다.

"아시아권은 도제 시스템이 기본이니까. 문제는 그게 비틀려 있다는 거지."

건설적인 토론은 뭐든 발전시키기 마련이다.

하지만 스승이라는 이유로 토론을 막아 버리자 답습만이 기본이 되었고, 자연히 발전과 개혁은 완전히 딴 나라 이야기가 되어 버린 것.

성리학적인 사상이 마냥 나쁜 건 아니지만 스승의 것은 모조리 옳고 정당하며 부정해서는 안 된다는 것은 확실히 한국에서 여러 가지 문제를 일으킨다.

"차라리 객관적인 영역이라면 부정이라도 가능하지만."

예술은 객관화라는 게 무척이나 힘든 영역이다.

그렇다 보니 스승의 말이 절대적인 경우가 많다. 아니, 그럴 수밖에 없다.

"최소한 의학만 해도 해외에서 새로운 이론이 나오기도 하니까."

그러니 어떻게 항변이라도 가능하지만 미술은 한국과 서양에서 추구하는 그림의 화풍도, 추구하는 이미지도 서로 다르다 보니 서양에서 나오는 그림을 가지고 한국에서 뭐라고 평가할 수도 없다.

당장 수묵화의 감성을 서양에서 제대로 이해하겠는가?

"그런가?"

"그래, 맞아. 사실 이번 사태도 그런 부분이 문제가 된 영향도 있지."

판단하는 사람들이 윗선을 꽉 잡고 있으니 새로운 관점의 제시나 항변이 불가능했던 것.

그런데 그들이 어떻게 할 수 없는 노형진이라는 존재가 갑자기 나타나서 판을 뒤집자, 그 시스템에 나름 불만을 품고 있던 사람들이 그런 노형진에게 붙어서 이 문제에 대해 이의를 제기하기 시작한 것이었다.

"아, 그런 거였어?"

"당연하지. 젊은 평론가들이라고 불만 없겠어? 당장 영화

판에서도 평론가들의 실적이 그리 좋진 않잖아. 도리어 유튭에서 활동하는 개인 평론가들이 더 좋을걸."

"어. 확실히 그러네?"

"다 관계가 있어서 그래."

평론가들은 어찌 되었건 영화인이고 영화를 먼저 보고 판단해서 사람들에게 알려 준다.

그런데 영화에 대해 좋지 않은 소리를 하면 해당 영화사가 그 평론가를 다시는 안 부르는 경우도 있다.

그래서 영화 평론가들이 악평을 하기 힘든 경우가 많다.

특히나 제작사나 유통사가 대형이면 더더욱 그렇다.

하지만 유튭에서 평론하는 사람들은 자비로 영화를 보기에 그에 대해 그다지 신경 쓰지 않는다.

"반대의 경우도 많지."

평론가는 작품에 뭔가가 담겨 있어야 좋은 작품이라고 생각해 그걸 홍보해 준다.

하지만 유튭의 평론가들은 내 돈이 아깝지 않게 재미있느냐를 기준으로 삼는다.

즉, 예술성이 아닌 상업성을 우선한다는 거다.

그래서 전문 평론가들의 호평에도 불구하고 영화는 흥행에 실패하고, 반대로 악평에도 불구하고 영화는 흥행하기도 한다.

"예술계도 마찬가지구나."

"그래."

대판 싸워서 판을 뒤집어야 하는데 기득권이 워낙 세다 보
니 저항하지 못하던 사람들이 이제야 기회를 잡은 것.

"그런데 노 변호사님."

"네?"

"그…… 돈 들여서 전시회를 해 주시는 건 감사한데요."

　장형수는 고개를 갸웃하면서 물었다.

　개인 전시회가 아닌 집단 전시회라 해도 자신의 커리어에
도움이 되는 건 사실이다.

"그런데 이게 제 군대 문제랑 무슨 관계가 있는지 모르겠
습니다."

　커리어가 한 줄 늘어난 건 사실이지만 그렇다고 해서 민용
서랑 비교할 수 있는 수준은 아니다.

　민용서는 사비로 개인 전시회만 세 번이나 연 상황이니까.

　이런 합동 전시회에 한 번 참가했다고 해서 장형수의 커리
어가 갑자기 하늘로 올라가지는 않는다.

"하하하, 물론 그렇죠. 돈으로 전시회는 할 수 있지만 그
뿐이죠. 하지만 말입니다, 세상에는 돈으로 살 수 없는 커리
어도 있는 법입니다."

"돈으로 살 수 없는 커리어요?"

"네, 며칠만 기다려 보세요. 돈으로 살 수 없는 커리어를
안겨 드릴 테니까."

　노형진은 씩 웃었다.

돈으로 살 수 없는 커리어

　노형진의 말을 장형수는 처음에는 이해하지 못했다.

　하지만 시간이 지나고 어느 정도 사람들이 상황을 인식하기 시작하자 점점 노형진이 한 말이 뭔지 알아차릴 수 있었다.

　　가장 많은 표를 받은 예술가, 장형수

　　국민 예술가 장형수. 그는 누구인가?

　　군에도 가지 못한 채로 5년간 고생. 국민 예술가로 거듭나다

　"아니, 이게 뭔 일이야?"

　"거봐, 내가 말했지? 조금만 기다리면 확실한 커리어가 생길 거라고."

"그건 그런데, 이게 이렇게 해석된다고?"

"결국 데이터라는 건 어떻게 해석하느냐가 관건이거든."

노형진은 미술관에 가득한 사람들을 보면서 어깨를 으쓱했다.

"'진짜 예술가는 누구일까?'라는 게임. 반대로 말하면 이 사람이 예술가라는 걸 보는 순간 바로 알 수 있는 사람이 유리하다는 거지."

장형수는 예술가이지만 소위 말하는 현대미술을 전공하지는 않았다. 전통적인 유화를 전공한 사람이다.

유화는 훈련된 사람과 훈련되지 않은 사람이 절대적으로 구분될 수밖에 없는 영역이다.

더군다나 사람들이 보기에는 정체를 알 수 없는 형이상학적인 그림보다 풍경화나 초상화가 더 이해하기 쉽고 더 직관적으로 다가온다.

전문가들이 보기에는 실력이 부족할지 모르지만 국민들이 보기에는 형이상학적인 작품들과는 차별성이 뚜렷하고 그나마 알아볼 수 있는 영역이니, 당연히 대부분의 사람들이 그를 선택할 수밖에 없다.

"물론 다른 사람들이 없는 건 아니지만."

풍경화나 초상화를 내건 사람이 장형수뿐인 건 아니었다. 실제로 취미 수준으로 하는 사람들 중에도 나름 실력이 나쁘지 않은 사람들이 많았다.

하지만 유화의 특성상 그러한 취미의 영역과 전문가의 영역 간의 차이는 상당히 큰 편이다.

어쩔 수가 없다. 단순히 붓질이 아니라 나이프를 쓰는 기술도 오랜 훈련으로 가다듬어야 하니까.

"하긴, 유화로 명암을 구현하는 게 쉽지는 않더라."

"그렇지?"

단순히 예쁘게 그리는 건 취미로도 가능하지만 명암의 표현은 아주 고난이도의 영역이다.

"그리고 이게 함정이구나."

"맞아."

국민들이 고른 예술가. 실제로 예술 파멸전에서 장형수는 무려 93% 이상의 지지율로 예술가로 인정받았다.

누가 봐도 예술가로서 그의 작품이 인식된다는 소리다.

"하지만 그게 유명한 것하고는 전혀 다르잖아."

"다르지 않지. 이제는 타이틀이 생겼으니까."

"타이틀?"

"국민들의 절대적 지지를 받는 화가의 탄생이야. 그런데 그걸 언론에서 놔두겠어?"

"오?"

적당한 보상과 미끼만 준다면 언론에서는 물고 빨아 주기 시작할 것이다.

"한국 언론은 이상하게 그 '국민'이라는 말에 관심이 많단 말이지."

노형진은 히죽 웃으며 말했다.

"국민 가수, 국민 여동생, 국민 엄마, 거기에 국민 드라마까지 있는데 국민 화가라는 말이 생기는 것도 이상하지는 않잖아?"

"국민 화가라……."

분명 가능한 타이틀이다.

하지만 '국민 화가'라는 타이틀이 가지는 힘을, 서세영은 여전히 이해할 수가 없었다.

"국민 화가가 되면 뭐가 달라지나? 아, 물론 커리어가 밀리던 건 어느 정도 커버가 가능하겠지만 내정이라는데, 문제는 그게 아니잖아?"

아무리 커리어를 따라잡았다지만 이미 내정된 군 내부의 자리에 관해 국민들이 관심을 가질 리가 없다.

"누가 그랬다지. 일단 유명해져라, 그러면 네가 똥을 싸도 사람들은 박수를 보낼 것이다."

세간에서는 이 말을 앤디 워홀이 했다고 생각하는 사람들이 많다. 그런데 사실 앤디 워홀은 이런 말을 한 적이 없다.

"그리고 그 안에는 숨겨진 진실이 있지."

"숨겨진 진실?"

"그래. 예술은 어쩌면 사기라는 것."

그 사람이 얼마나 유명한지에 따라 그 작품의 가치와 그 사람의 가치가 판단된다.

기술이나 기교보다는 그 사람의 이름이 널리 알려질수록 가치가 더 높아진다.

"그리고 그게 엔터 쪽에서는 다른 의미도 가지고 있어."

"어떤 의미?"

"물고 늘어지면 클릭이 된다는 거, 후후후."

⚖️

"그러니까 군대에서 그런 비리를 당했다는 건가요?"

"비리라고 하기보다는 군 내부의 시스템 문제라고 할 수 있죠."

장형수는 인터뷰를 하면서도 신기하다는 생각이 들었다.

조만간 인터뷰 요청이 들어올 거라고 하더니 정말로 인터뷰를 하게 되었다.

그리고 노형진의 말대로 기자는 장형수의 예술이나 그림에 대한 사상 같은 것보다는 장형수가 군대에서 당한 손해에 관해 관심을 가졌다.

"그러면 지금까지 군필을 하지 못한 게 억울하시겠네요?"

"억울하죠. 전 이미 다섯 번이나 군대에 갔습니다. 그런데 매번 이런 식이었으니까요."

"그러면 군대를 빼실 생각을 하지는 않으셨습니까?"

"네. 전 꼭 갈 겁니다."

"어째서요? 그렇게 병약하신 분이라면 충분히 소송 같은 걸로 빼실 수 있을 것 같은데."

'그럴지도 모르지.'

노형진이 분명 그랬다, 이제 유명해진 이상 재판에 들어가면 분명 결과에 영향을 미칠 거라고.

그러니 운이 좋다면 면제가 나올지도 모른다고.

'운이 좋다면 말이지.'

하지만 이번 사태를 겪으면서 장형수는 자신의 미래에 대해 진지하게 생각했다.

전 국민이 아는 예술가. 그 타이틀이 과연 군에 가지 않아도 유지될까?

아닐 거다. 자신뿐만 아니라 주변만 봐도 미필이 가지는 이미지는 결코 좋지 않으니까.

"저는 힘들지만 군대에 가고 싶네요."

"어째서 그렇지요?"

"저는 예술가입니다. 전 국민이 제 예술을 이해해 주시고 저를 예술가로 인정해 주셨죠."

"그렇죠. 픽률이 93% 이상이라던데."

"그런데 제가 군대에 가지 않는다면 과연 국민들을 이해할 수 있을까요? 예술을 한다고 고고하게 고개를 들고 있다면 사람들에게 제 예술에 대해 이야기할 자격이 있을까요? 군에서 고생한 수많은 사람들의 생각을 이해하지도 못하는데."

"오, 참신한 생각이네요."

"어떤 예술은 특정 누군가를 위해 만들어질지도 모르지만 제 예술은 대중 모두가 향유하는 감성을 기반으로 만들어진 작품들입니다. 그런데 대중 모두가 아는 걸 제가 모르는데 대중의 마음을 울리는 예술을 할 수 있을까요?"

그 말에 기자는 공감이 된다는 듯 고개를 끄덕거렸다.

장형수는 그런 기자를 결의에 찬 눈으로 바라보았다.

"기회가 된다면 꼭 군대에 가고 싶습니다. 그리고 국민들을 위해 봉사할 기회를 얻고 싶습니다."

그리고 그 말은 언론을 타고 빠르게 퍼지기 시작했다.

⚖️

"유명해지라는 게 이런 의미였군요."

"네. 사연팔이는 선이 아닌 후가 더 어울리죠."

만일 장형수가 유명하지 않은 상태에서 군대에서 5년이나 돌려보내지고 고생했다는 사실이 알려졌어도 사람들이 관심을 가졌을까?

그럴 리가 없다. 그 정도 불우한 사람들은 많다면서 아마도 무시하는 사람들로 넘쳐 났을 거다.

"하지만 유명해지면 사연팔이는 먹히거든요."

내가 이렇게 고생하고 차별받았지만 그래도 성공했다.

그 사연은 국민들에게 감동을 주고, 그걸 통해 국민들은 희망을 가진다.

웃기지만 그게 현실이다.

"그리고 우리는 민용서를 압도하는 지명도를 가지게 되었습니다."

민용서의 입장에서는 황당할 거다.

듣도 보도 못한 놈이 갑자기 튀어나와서 자기 자리를 노린다고 생각할 테니까.

"그리고 일이 이쯤 되면 해군도 곤란하겠죠."

"그렇겠다. 해군 입장에서는 내정된 것이었는데 장형수 씨가 온다고 내정을 취소할 수도 없고."

"그렇지. 거기다가 커리어에서도 이제 역전된 상황이거든."

민용서는 사비, 정확히는 부모 돈으로 전시회를 연 기록이 3회나 있지만, 장형수는 남의 돈으로 연 전시회가 성공한 데다 거기에서 유명세도 얻었다.

더군다나 누가 봐도 사람들에게 더 도움이 되는 건 장형수이지 민용서가 아니다.

"그러면 이제 제가 해군 문화홍보병을 지원하면 갈 수 있나요?"

"무리일 겁니다. 군부대는 의외로 외부의 눈치를 보지 않거든요."

장형수가 문화홍보병으로 군에 입대하지 못한다 해도 국민들 입장에서는 아쉬울 뿐이지 딱히 문제가 있는 건 아니다.

"이제 해야 하는 건 민용서를 끌어내리는 겁니다."

"민용서를 끌어내린다고?"

"그래. 아무리 그래도 민용서랑 비교해서 장형수 씨가 더 유리하면 해군 입장에서도 부담스러울 수밖에 없거든."

"그런데 민용서를 어떻게 끌어내려?"

문제는 그거다.

비교를 통해 민용서와 장형수를 부딪치게 해야 한다. 만일 사람들이 해군에 관심이 없다면 장형수는 기껏해야 군 면제로 끝날 거다.

"내가 왜 예술 파멸전을 열었겠어?"

"저 유명해지라고 하신 거 아닙니까?"

"아닙니다. 아, 그렇게 생각하실 수도 있기는 하죠."

예술 파멸전을 통해 장형수가 유명해진 건 사실이니까.

"하지만 궁극적인 목적은 진짜로 예술이 개판이라는 걸 알리기 위한 겁니다. 만일 단순히 장형수 씨를 유명하게 만들려 했다면 전시회의 이름이 예술 파멸전이 아니라 예술 고뇌전이나 예술의 시간 뭐 그런 것이었겠지요."

전시회의 이름은 허투루 지어지는 게 아니다.

특히 집단 전시회의 경우 그 전시회의 목적이 녹아드는 게 기본.

"단순히 장형수 씨가 이제 유명해진 데서 그친 게 아니라 사람들이 '예술이란 무엇인가?'에 대해 이야기하기 시작했다는 게 중요해."

"그렇지."

"그런 상황에서 라이벌 기믹, 아니 라이벌보다는 악당 기믹을 세우는 거라고 볼 수 있지."

"악당 기믹요?"

"네. 솔직히 지금 민용서는 악당 기믹이라고 봐도 되지 않습니까?"

"하긴, 그건 그렇죠?"

민용서의 실력은 바닥이다. 동기들도 동기로 인정하지 않을 만큼 말이다.

아무리 전공이 현대미술이라지만 모든 작품을 다 현대미술로 채울 수는 없다.

단순한 화풍의 웹툰을 그리는 걸로 유명한 사람들도 각 잡고 그림을 그릴 때는 실력이 장난 아닌 경우가 많다.

왜냐하면 캐릭터의 단순화 그리고 최소화를 하면서도 동시에 그 캐릭터가 예쁘다는 감각을 독자에게 선사하기 위해서는 그만큼 대상에 대한 충분한 이해에 기반해야 하기 때문이다.

"기본기가 없으면 말 그대로 사상누각이죠."

현대미술을 하는 작가들이라고 해도 풍경화나 인물화 한두 작품은 있기 마련인데 유독 민용서는 그런 기록 자체가 없다.

도리어 그런 걸 이야기하면 상당히 화를 낸다고.

즉, 노형진의 예상대로 현대미술에 대한 집착은 제대로 갖추지 못한 자신의 실력을 감추기 위한 하나의 수단이라는 거다.

"그러면 현실적으로 사람들이 보기에 저들의 예술이라는 게 궁금해지기 마련이거든."

"저들의 예술이라……."

"그래, 가진 자들의 예술. 권력자들의 예술."

아직은 그런 이야기가 없을 거다. 하지만 누군가가 그에 대해 이야기해 준다면 사람들의 관심은 그쪽으로 쏠리기 마련이다.

"설마?"

"그래, 설마가 맞아. 아이콘이지. 그리고 대립이고."

대중 예술을 대표하는 건 장형수일 거다.

그리고 전문가, 아니면 평단을 대상으로 하는 자칭 상위 예술을 대표하는 건 민용서.

"대립이라는 건 확실히 사람들의 관심을 끌지."

서세영도 이해가 간다는 듯 고개를 끄덕거렸다.

대립을 잘 이용한다면 사람들의 관심을 끄는 건 어려운 일이 아니다.

"하지만 어떻게 대립하게 만드시려고요? 민용서를 예술 파멸전에 부를 수도 없지 않습니까?"

"부른다고 해서 오겠습니까?"

미치지 않고서야 오지 않을 거다.

출전해 봤자 표를 거의 받지 못할 테니까.

그제야 서민들은 내 예술을 이해 못하네 어쩌네 하고 난리를 쳐 봐야 이미지만 안 좋아질 게 뻔한데 오겠는가?

그렇기에 노형진은 처음부터 부르지 않았다.

"하지만 라이벌전이라는 건 자기가 원해서 하는 게 아니거든요. 사람들이 붙이는 거지."

동네 조기 축구회가 갑자기 '우리의 라이벌은 레알 마드리드다!'라고 선포해 봐야 사람들이 보일 반응은 '저놈들이 미쳤나?' 정도이지, 의미 있는 반응을 기대하기는 힘들다.

"하지만 두 사람의 인생이 진짜 극단적으로 다르다면 그때는 라이벌이 되는 거지."

노형진은 선언하듯 자신 있게 말했다.

"자, 이제 라이벌전 시작이다."

⚖️

클럽에 앉아서 술을 마시던 민용서는 핸드폰을 보다가 눈을 찡그렸다.

요 근래 인터넷에 떠도는 사진들을 보니 기분이 나빠졌다.

현대미술의 극한, 〈태극과 건곤감리〉

미래에 대한 통찰, 〈운명의 굴레〉

지구 그 자체, 〈지평선〉

　제목과 거기에 덧붙여 있는 설명은 그럴듯하다. 그리고 한 줄 추가되어 있는 작가 소개.

　한국 전문가들이 뽑은 미래의 인재, 민용서

"이게 뭐야?"

　분명 칭찬이다. 칭찬이고 좋은 말처럼 보인다.

　하지만 그 아래에 달린 댓글을 보면 절대로 칭찬으로 볼 수가 없었다.

　—이야, 예술 참 쉽죠?

　—나도 한다, 예술.

　—개소리의 극한, 뿌지직.

　—만물의 회귀는 역시 점선면이지. 점선면을 모르면 예술을 모르는 거야. 몰라? 너 그러면 예알못. 그런 면에서 봤을 때 가장 완벽한 예술은 바로 짜장면!

　누가 봐도 조롱이다.

"아니, 예술에 대해 알지도 못하는 놈들이 내 작품을 무시해?"

도대체 자신의 작품들이 어디서 새어 나간 건지 알 수 없었다.

　　그런데 어느 순간 새어 나간 작품들이 조롱의 대상이 되기 시작하자 어이가 없어졌다.

　　"도대체 왜 이렇게 된 거야?"

　　"나야 모르지. 씨팔."

　　"야, 그냥 신경 꺼. 굳이 여기까지 와서 그렇게 신경 쓰면서 보고 싶냐?"

　　"누구는 보고 싶어서 보냐?"

　　친구의 말에 민용서는 기가 막힌다는 얼굴로 핸드폰을 주머니에 밀어 넣었다.

　　"도대체 뭐길래 그래?"

　　"내 작품들이 어디서 새어 나간 건지 인터넷에서 시끄럽더라구."

　　"네 작품?"

　　그 말에 친구는 고개를 갸웃하면서 해당 글을 찾아보더니 갑자기 미친 듯이 웃기 시작했다.

　　"으하하하! 뭐, 틀린 말은 아니네?"

　　"뭐? 이 새끼가!"

　　"안마, 너 기억 안 나? 이 중에서 두 개는 내가 너랑 같이 한 거잖아."

　　"아니, 씨팔. 옆에서 술 처마신 거면서 같이 했다고 말하면 안 되지."

"새끼, 기억하네. 그 술 처마시면서 소위 영감이라는 걸 준 거니까 나도 나름 지분 있는 거 아니야?"

"지랄하고 있네."

"얀마, 이 〈운명의 굴레〉? 이거 피시방에서 밤새도록 놀고 새벽에 과제 있다고 14분 만에 그린 거잖아."

"뭐, 그렇지."

"그리고 이 〈수평선〉?"

"〈지평선〉. 새끼야."

"그래, 하여간 여자 끼고 꽈 가서 신나게 놀고 와서 졸작인 거 알고 다급하게 그냥 파란 물감 한 번 쿡 찍어서 둥그렇게 한 번 그은 것뿐이잖아."

"그걸 어떻게 기억하냐?"

"새꺄, 그때 꽈 나랑 갔어. 기억 안 나?"

"끄응, 해외로 나간 게 어디 한두 번이야?"

민용서는 눈을 찡그렸다.

"하여간 어디서 이 지랄인지 모르겠네."

"뭐, 좋게 생각해. 장형수? 그 새끼도 예술쟁이이니 뭐니 하면서 설치고 다니는 것 같던데."

그 말에 민용서의 얼굴이 찡그러졌다.

"그 새끼 얘기는 하지 마라."

"왜?"

"아, 씨팔. 하지 말라고."

자신과 진짜로 비교되던 게 바로 장형수다.

자신은 아버지가 내준 돈으로 전시회를 열어 커리어를 만들어 왔지만, 장형수는 실제로 전시회에 초청도 받고 여기저기 불려도 갔다.

교수들은 자신에게 굽실거리면서도 예술제 같은 진짜 일은 장형수가 후배임에도 불구하고 불러다가 같이 했다.

"에이, 좃같은 새끼."

장형수를 생각하자 민용서는 기분이 나빠졌는지 그대로 술을 입에 털어 넣었다.

"그래그래, 마셔. 좀 있으면 그 좃같은 군대에 가야 한다며?"

"에이, 씨팔. 아빠는 왜 굳이 정치를 한다고 설쳐서는."

원래 자신은 군대에 가지 않아도 그만이었다. 그런데 아버지가 갑자기 정치를 한다고 나서는 바람에 상황이 이상해졌다.

그나마 해군에서 좀 편한 보직을 주기로 했다지만 여전히 마음에 들지는 않았다.

"마셔, 마셔. 내가 너 군대 가면 계집 데리고 내려갈게. 캬캬캬."

"제발 그래라. 거기 촌년들 수준이야 뻔하니까."

민용서는 괜히 짜증 나는 기분을 술로 애써 억누르는 수밖에 없었다.

인터넷에 민용서의 그림이 나돌고 그걸 본 사람들이 '예술 참 쉽네.'라고 평한다고 해서 장형수와 민용서가 라이벌 관계가 되지는 않는다.

그들이 라이벌로 묶이기 위한 포인트가 있어야 했다.

그리고 그 포인트는 자신이 자본 예술이라는 황당한 장르의 개척자라고 주장하고 있는 노형진이었다.

"그래서 그 자본 예술이라는 것은 어쩌다 생각하시게 된 겁니까?"

변호사도, 마이스터의 대리인도 아닌 예술가로서의 노형진과 인터뷰를 하게 된 기자는 진짜로 궁금하다는 듯 물었다.

"예술이라는 영역에 한계는 없으니까요."

"그렇다면 그것만으로 자본 예술을 하겠다고 마음먹으신 건가요?"

"그건 아닙니다. 어느 순간 한국에서 예술은 소수 인간들이 향유하는 대상이 되었습니다. 그들은 자기들끼리 예술 상품에 가격을 매겨 거래하고 예술가를 찬양하죠. 아니, 예술뿐만이 아닙니다. 게임, 영화 등등 대중을 상대로 하는 작품들에 사상을 주입하고 그 주입된 사상을 강제하려는 시도가 계속되고 있습니다. 그에 대한 반감이라고 볼 수 있죠."

"반감이라……."

"그렇지 않습니까? 그들이 뭘 하든 우리가 뭐라고 합니까? 그런데 왜 그들은 우리에게 자신들의 사상을 주입하려하는 거죠? 왜 그걸 따라가지 못하면 예술이 아니라고 생각하죠?"

노형진은 그렇게 말하고는 느긋하고 소파에 기대었다.

"초등학교에서 아이들이 그리는 가족의 그림도 그 부모님에게는 무엇과도 바꿀 수가 없는 예술이고, 자신의 감정을 적은 한 장의 일기도 본인에게는 나름의 예술입니다. 굳이 예술에 감정과 사상을 강제로 투영해서 그걸 이해하지 못하면 예알못 취급할 이유는 없죠."

노형진은 어깨를 으쓱하며 바로 다음 이야기를 꺼냈다.

"장형수 화가님의 그림을 보면서 느낀 게 뭐냐면, 그림이 예쁘다는 겁니다. 그 안에 담긴 힘은 그냥 그 아름다움을 보여 주고 싶은 것 정도입니다. '이 아름다운 세상을 당신에게 선물합니다.'라는 거죠. 그런데, 음…… 직접 언급하는 건 부적절하겠지만, 하하하. 최근에 인터넷에서 유명해진 작품들이 있죠? 그건 보면 무슨 생각이 들죠? 물론 거기에 덧붙여 있는 현란한 설명들은 참 그럴듯하지만 솔직히 그게 예술이라고 보기에는 애매하잖아요?"

"예술이 아니라고요?"

"네. 제 예술 파멸전에서 콘셉트가 그거였잖습니까? 글로써 현혹되지 말고 그림을 보고 판단하자."

"그랬죠."

"제 생각은 이겁니다. '이 그림은 위대한 그림입니다.'라고 말로 표현해야 하는 순간 그 그림은 과연 예술이라 할 수 있겠는가?"

"네? 예술이 아니라고요?"

"글로써 표현되는 예술은 이미 있지 않습니까? 소설이라든가 시라든가."

"흠."

"예술의 정의가 뭡니까? 설명이나 납득을 시키기 위한 게 아니라 그 자체로서 존재해야 하는 것 아닙니까? 〈모나리자〉나 〈만종〉의 아름다움에 대해 꼭 글로 된 부연 설명을 읽고서야 감탄이 나온다면 그 그림들은 과연 정말로 아름다운 걸까요?"

그 말에 기자는 당황했다.

어떻게 보면 이건 현대미술을 저격하는 말이기 때문이다.

하지만 그랬기에 흥미를 느꼈다.

누구도 현대미술에 대해 부정하거나 대놓고 욕하지 못했으니까.

현대미술이라는 분류가 생긴 후로 형이상학적이고 불확정적인 형태의 작품들에 대한 판단은 상당히 위험하게 취급되어 왔다.

만일 그것에 대해 잘못 이야기하거나 잘못 설명하면 예술도 알지 못하는 못난 놈으로 취급되어 온 것이다.

"예술 파멸전에서도 모든 사람이 각자 받아들이는 예술의 영역이 달랐습니다. 100%라는 건 없었어요. 저희 그림 중에 빨간 줄 세 개 그어진 작품이 있었죠? 그런데 그거 제가 그린 거거든요."

노형진은 거기까지 말하고는 미소를 지었다.

"그런데 그 그림의 설명이 '피로써 이어지는 3대의 비극'입니다. 네, 설명은 그럴듯하죠. 그런데 제가 그걸 만드는 데에는 30초밖에 걸렸고 아무 생각도 없었거든요. 그런데 예술 작품으로 인정하신 분들이 무려 13%였어요."

"그렇게나 많았나요?"

"네, 그분들은 그게 예술이라고 생각한 거죠. 반면, 이번에 압도적으로 예술로 인정된 장형수 씨의 작품들도 93%가 최고입니다. 누가 봐도 잘 만든 작품입니다. 그런데 7%나 되는 분들이 그 작품은 예술이 아니라고 생각하신 거죠."

노형진의 말에 기자는 고개를 끄덕거렸다.

"예술은 받아들이는 사람마다 다릅니다. 그런데 그걸 굳이 설명을 담아 가면서 이건 이런 내용이라고 주입하려 하면 과연 그게 미술일까요, 아니면 문학일까요?"

노형진의 말에 기자는 미묘한 얼굴이 되었다.

미술도 예술, 문학도 예술이니까.

"그 두 개가 붙어 버리는 건 아예 장르 구분 자체가 없어지는 거거든요. 시를 보고 영감을 받아서 그린 그림도 있고 그림을 보고 영감을 받아서 쓴 시도 있죠. 그런데 그림을 설명하기 위해 문학을 이용해야 한다면 그건 과연 미술이라 해야 할까요, 아니면 전혀 다른 제3의 예술 형태로 봐야 할까요?"

"복잡한 문제군요."

"네, 제 예술 파멸전은 그걸 이야기하고 싶었습니다."

'내가 그래도 변호사인데 말이지.'

아무리 아가리 예술가라는 말이 있다지만 그래도 노형진이 변호사인데 그 정도 말도 못하겠는가?

입으로 예술 한다고 하면 변호사가 유리하면 유리했지, 불리할 리가 없다.

실제로도 기자는 심각한 얼굴을 하고 있었다.

예술의 근본적 구분과 그 철학에 대한 심오한 질문처럼 느껴졌으니까.

"제가 말하고자 한 건 이겁니다. 과연 미술은 무엇인가? 그럴듯하게 설명하는 것? 아니면 그림 그 자체로 설명이 이루어지는 것?"

그 말에 기자는 아무런 말도 하지 못하고 그저 볼펜만 까딱거릴 뿐이었다.

⚖️

노형진이 던진 질문은 의외로 예술계에 큰 충격을 주기에 충분했다.

"이걸 소가 뒷걸음치다가 쥐 잡는다고 표현해야 하는 건가?"

"뭐, 틀린 말은 아니지."

"그런데 이걸 이렇게까지 크게 해석한다고?"

서세영은 이해가 가지 않았다.

노형진이 인터뷰를 한 기자는 대형 메이저 회사 소속도 아니었다.

애초에 한국 대형 메이저 언론은 예술계에 큰 관심이 있지도 않았으니까.

하지만 그곳과의 인터뷰에 대한 대중과 예술계의 반응은 어딘가 기존과는 달랐다.

"원래 그런 거야. 말했잖아, 유명해지면 그 말 자체가 의미를 가진다고. 예술계에서 가장 흔하게 일어나는 일이기도 하고 현대미술의 가장 큰 문제이기도 하지."

"아…… 그렇구나. 총체적 난국이라 이거네?"

"맞아."

예술은 그 안에 작가의 생각과 고뇌 그리고 의미가 담겨 있어야 한다.

그런데 일부 질이 좋지 않은 예술가들은 그런 거 없이 그냥 공장에서 통조림 찍어 내듯이 찍어 내기도 한다.

내가 유명해졌으니 내가 만들면 사람들이 알아서 의미를 부여할 것이라는 생각인 것이다.

"실제로도 예술을 하는 연예인들을 공격하는 소위 전문가라는 사람들이 하는 말이 그거거든. '연예인이라는 이름으로 예술을 너무 만만하게 본다.'"

"하긴 그런 사건이 없는 건 아니지."

"그래. 물론 그런 사람이 없는 건 아니고 남의 작품에 자기 이름 붙여서 파는 놈도 있지만, 또 어떤 사람은 이건 누가 봐도 재능 있다고 보이기도 하거든. 그런 경우는 도리어 유명세가 있기 때문에 공격당하는 거고."

노형진의 말을 들으며 서세영은 이해가 간다는 듯 고개를 끄덕거렸다.

연예인 출신으로 그림 좀 그리는 사람이 나오면 100% 발생하는 문제니까.

"그리고 내가 몇 번이나 예술계 사건을 하면서 느낀 게 바로 그거야."

실제로 그런 식으로 굴러가는 예술계 문제는 생각보다 심각하지만, 그 부분에 대해서는 아무도 반항하지 못했다.

"그러다가 오빠가 먼저 입을 연 거고?"

"맞아."

다른 누군가가 그걸 문제 삼으면 아마 예술계에서 매장당했겠지만 노형진이 알 게 뭔가?

매장하고 싶다고 매장될 사람도 아닐뿐더러 애초에 예술계 사람도 아니다.

그렇다고 '예술계 사람이 아니니 예술인도 아니다.'라고
해 버리면 예술이란 소수만 즐기는 한정된 소위 언더 문화가
되어 버리니 그렇게 치부할 수도 없다.

"이야기가 참 이상하게 흘러가네. 이해가 안 가."

"하하하."

그 말에 노형진은 그저 웃을 뿐이었다.

"뭐, 예술계 문제는 그쪽이 알아서 할 문제고. 장형수 씨
와 민용서에 대해서는 분위기가 어때?"

"오빠 말대로야. 어느 순간부터 대립각이 세워지더라고."

"그렇지?"

서민 예술과 대중 예술을 대표하는 화가, 장형수.

그리고 소수의 상위 예술을 추구하는 화가, 민용서.

노형진이 그 두 가지를 이야기했으니 자연스럽게 라이벌
기믹이 생길 수밖에 없었던 것.

"맞아. 그리고 민용서가 엄청나게 예민하게 굴더라고."

"그러겠지. 자기가 봐도 자기 재능이 별거 아니거든."

만일 그 라이벌 기믹이 싫다면, 반응하지 않으면 그만이다.

동네 조기 축구회의 도발에 레알 마드리드가 반응하지 않
는다 해도, 그냥 웃긴 일로 남을 뿐이니까.

"하지만 그에 반응하면 그 순간부터 사람들은 '아, 서로 의
식하고 있구나.'라고 생각하게 되지."

"그런데 오빠는 어떻게 안 거야? 반응할 거라는 걸."

세서영은 이해가 안 간다는 듯 물었다.

그녀에게는 아무리 봐도 알 수가 없는 일이었으니까.

"그건 SNS를 보면 되지. 내가 왜 SNS를 시간 낭비 서비스라고 하겠어?"

"하긴."

홍보용으로 쓰는 거? 나쁘지 않다.

소통용으로 쓰는 거? 그것까지는 좋다.

하지만 그중 일부는 SNS를 일기장으로 쓴다.

그런데 그런 행동은 자기 파멸을 가속화하는 경향이 있다.

그럴 수밖에 없는 게, 일기장으로 쓰다 보면 올릴 글 못 올릴 글 구분을 못하게 되기 때문이다.

"SNS는 대화 수단으로 보면 딱 두 가지만을 의미해."

"어? 뭔데?"

"내가 누군가에게 하고 싶은 말. 아니면 내가 누군가에게 보여 주고 싶은 것."

"아아~ 이해했어. 그런 게 있지."

SNS는 기본적으로 자신이 올릴 내용을 선택할 수 있다. 글이든 사진이든 말이다.

즉, 뭔가를 올린 사람은 본인이 그걸 보여 주고 싶었거나 그렇게 말하고 싶어 했다는 의미다.

"SNS에 올린 글이 왜 문제가 되겠어?"

실제로 SNS에 올린 글 때문에 매장당한 사람이 한둘이 아니다.

왜냐하면 SNS가 자기가 고른 게 올라가는 시스템인 이상
그게 본심인 경우가 대부분이기 때문이다.

누군가는 실수라고 항변하기도 하지만 대부분의 실수는
본심이 갑자기 튀어나오는 경향을 보이지, 본심도 아닌데 갑
자기 제3의 인격이 튀어나오는 경우는 드물다.

그렇기에 SNS만 자세하게 분석해도 그 사람의 생각이나
성격을 알아내기에 부족함이 없다.

"민용서의 SNS를 보면, 예술적인 자존심으로 꽉 차 있어."

그 나이대의 젊은 남자들이 돈을 펑펑 쓰면서 놀러 다니거
나 소위 플렉스 한 것 위주로 올리면서 거들먹거리는 것과는
확연하게 다른 모습이었다.

자신의 작품 그리고 그 작품에 대한 해설이 주류였고, 최
근에는 자신의 예술을 이해 못하는 놈들에 대한 노골적인 저
격도 같이 올라오고 있었다.

"이게 무슨 말이겠어?"

돈이 없는 집안도 아니고 그렇다고 해서 못난 집안도 아니
다. 돈도 있고 권력도 상당한 집안이다.

"자기가 착실하다?"

"땡. 틀렸어."

"그러면?"

"자기 예술에 대한 자격지심이 있다는 거지."

"자격지심?"

"그래."

만일 자기 작품에 대해 자신감이 있다면 작품을 올리면서도 굳이 그에 대한 부연 설명은 하지 않았을 거다.

그 자체만으로 충분히 인정받을 거라 믿을 테니까.

하지만 민용서는 작품을 올리고 나서 그 작품에 대해 온갖 부연 설명을 하는 경향이 있었다.

"그것도 온갖 형이상학적인 설명이 붙지."

구체화할 수 없는 애매모호한 표현들을 이용해서 상대방을 납득시키려고 한다.

"그런데 자기 예술을 비교하는 누군가 나타났다? 그런 놈이 그걸 버틸 수 있을까? 더군다나 자기 후배인데?"

그렇게 말한 노형진은 재차 입을 열었다.

"장형수 씨가 그랬잖아, 똥군기의 화신이었다고."

"아, 그랬었지."

"그런 인간이, 자기 아래에 있다고 생각하던 장형수가 자기보다 더 인정받는 상황이 되면 기분이 어떻겠어?"

"아하!"

그걸 인정하기 싫을 테고, 장형수를 저격해서라도 끌어내리고 싶을 것이다.

자기가 더 우월해야 하니까.

"그러니까 웃긴 거지."

실제로 민용서의 SNS에는 이름만 말하지 않았을 뿐 대놓고 장형수를 저격하는 뉘앙스의 글이 가득했다.

구닥다리 풍경화라는 둥 사진이 있는데 왜 초상화를 하냐는 둥 말이다.

"내가 싸움을 붙였고 그 후에 저쪽이 발끈했지."

그러면 이제 남은 건 하나뿐이다.

"드디어 이 싸움에 불을 붙일 때야."

"표정이…… 안 좋으시네요?"

서세영은 장형수를 보고 고개를 갸웃했다. 장형수의 얼굴에 그림자가 가득했으니까.

"그게…….”

"무슨 일이 있었습니까?"

장형수가 우울하게 답했다.

"화방에서 제 그림이 팔렸다고 연락이 왔습니다. 무려 3천만 원에 팔렸다고 하더라고요."

"오. 축하드립니다."

그림은 사이즈마다 달라지기는 하지만 신인 화가가 3천만 원이나 받는 건 절대로 쉬운 일이 아니다.

사실 몇 년간 그림을 그린 기성 화가도 수백만 원을 넘기 힘든 게 현대의 미술판이다.

"그런데 그게 왜요? 좋은 일 아닌가요?"

장형수는 왜 그게 나쁜 일이라는 듯 우울한 표정을 짓고 있단 말인가?

"그게……."

장형수는 고민하다가 우울하게 말했다.

"뱅크시가 왜 그렇게 현대미술이 망했다고 말했는지 알 것 같아서요."

"네?"

"제가 스스로 인정받은 게 아니지 않습니까? 솔직히 노 변호사님이 제 그림을 띄워 준 덕이지, 제 그림에 3천만 원을 받을 정도의 가치가 있다고는 생각하지 않습니다."

"아아~."

"그래서 우울한 겁니다."

내가 그린 그림이지만 정점이라거나 완성되었다고 할 수는 없는 실력.

철학을 담은 것도 아니고, 그렇다고 심오한 의미가 담긴 것도 아닌 풍경화.

그게 기라성 같은 선배들을 제치고 무려 3천만 원에 팔렸단다.

물론 대형 그림이라 그래도 나름 가격이 나간다지만 이건 정상적인 가치 판단이 아니라는 생각을 지울 수가 없었던 것.

"축하드립니다. 예술에 한 걸음 다가가셨네요."

그런데 노형진의 말은 더더욱 이상했다.

"그게 무슨 말입니까?"

"그걸 당연하다고 생각하는 사람은 거기서 멈출 뿐이니까요."

노형진이 그림에 대해 조예가 없다지만 그건 어디까지나 개인적으로 그림에 관해 어느 정도의 지식을 가진 사람들 기준이지, 사실 일반인 기준으로는 적지 않은 조예를 가지고 있다.

당연하다. 회귀 전 미국에서 활동할 때 재산과 관련된 수많은 사건들을 해결했는데, 그중에 미술품도 포함되어 있었기 때문이다.

그림을 아예 이해하지 못하면 재산 분할 소송 같은 걸 할 때 엄청난 손해를 볼 수 있기에 감성으로는 몰라도 이성으로는 예술계에 대해 이해할 수 있어야 한다.

그랬기에 이런 계획을 세웠던 거고 말이다.

"예술이라는 건 고뇌에서 시작된다고들 하죠."

"고뇌라……."

"결국 예술은 이름값입니다. 뭐, 제가 잠깐 이름값을 빌려드릴 수는 있겠지만 그걸 유지하는 건 장형수 씨의 노력입니다."

"아무리 그래도……."

"저도 변호사로서의 업무가 예술이라면 이해하시겠습니까?"

그 말에 장형수는 쓴웃음을 지었다. 노형진의 말이 이해되었으니까.

"난 이 선문답이 뭔 소리인지 모르겠네."

서세영만이 이해가 안 간다는 듯 고개를 흔들 뿐이었다.

"조언 감사합니다. 그러면 저도 예술가로서 최선을 다하죠. 뭘 하면 됩니까?"

"민용서 씨가 장형수 씨를 저격한 거 아시죠?"

"친구들에게서 연락받았습니다."

"네, 그대로 돌려주세요."

"네? 저도 저격을 하라고요?"

"네."

"하지만 전 딱히 인터넷으로 누구를 욕하거나 저격하는 성격이 아닌데요."

노형진은 고개를 흔들었다.

"제가 돌려드리라는 건 그림으로 승부하시라는 겁니다."

"그림으로 승부하라니요?"

"래퍼는 랩으로 디스전을 하지 않습니까? 변호사는 당연히 소송으로 싸우고요. 그렇다면 화가는 그림으로 보여야 하지 않겠습니까?"

"음…… 저는 예술가이기는 하지만 현대미술이 전공이 아닌데요."

"현대미술 별겁니까?"

노형진은 어깨를 으쓱하며 말했다.

"썰만 잘 풀면 현대미술이죠. 가령…… '따라 하지 말라귀'
같은 거?"
노형진의 말에 장형수는 고개를 갸웃했다.

⚖

얼마 후 장형수의 SNS에 한 가지 그림이 올라왔다.
하얀 캔버스에 검은색으로 그려진 둥그런 원.
그 검은 원 안에 몇 개 박혀 있는 노란색들.
그리고 그 SNS에는 그간의 다른 작품들과는 다르게 설명
이 붙어 있었다.
그간 직관적이고 알아보기 쉬운 그림만 보던 사람에게는
이해하기 어려운 그림이었지만, 또 한편으로는 누구나 이해
할 수 있는 그림이기도 했다.

　제목 : 우주
　누군가는 지구를 바라보지만 또 다른 누군가는 우주를 바라
본다.

"이 개 같은 새끼가!"
민용서는 그 사진을 보면서 부들부들 떨었다.
그도 그럴 게, 이건 대놓고 자기를 디스한 거니까.

자신의 작품인 〈지평선〉을 그대로 베낀 거다.

사실 둥그런 원 하나 그린 거니 베꼈다고 볼 수도 없고 자신은 파란색을, 장형수는 검은색을 쓴 것 정도가 차이라면 차이라고 할 수 있다.

문제는 이게 누가 봐도 디스라는 것.

물론 자신이 먼저 디스한 건 사실이다. 자존심이 상했으니까.

하지만 이렇게 돌려받자 더 화가 났다.

당연했다. 사람들의 반응이 자신이 디스할 때와는 판이하게 달랐기 때문이다.

—누구는 아가리로 디스하는데 누구는 그림으로 디스하네.

—이야, 화가라며? 아가리 디스전 실화냐?

—캬, 그림으로 디스한다니. 이게 화가지.

누가 봐도 사람들의 분위기는 장형수 편이었다.

당연하다. 썰만 푸는 자신과는 다르게 장형수는 기본기도 보여 줬고, 디스전에 그림을 이용하는 발칙한 발상도 보여 줬으니까.

"이놈을 내가…… 그냥……."

민용서도 당장 그림으로 디스하고 싶었다.

하지만 장형수가 잘하는 풍경화나 인물화를 할 자신이 없었다.

"내가 잘하는 영역에서 싸워 주마."

민용서는 자기 나름대로 머리를 굴리며 붓을 들었다.

노형진의 함정에 이미 빠졌다는 것도 모른 채로 말이다.

불씨를 화재로

　장형수와 민용서의 디스전은 의외로 예술계에서는 큰 사
건이 되었다.

　그도 그럴 게 지금까지 예술계에는 파격적인 사건이랄 게
없었으니까.

　"어찌 보면 당연한 거죠."

　장형수는 자신과 관련된 기사가 실린 신문을 보며 쓰게 웃
었다.

　"예술계에는 확고한 위계, 그리고 정해진 룰 밖으로 나가
서는 안 된다는 규칙이 있으니까요."

　그리고 그 안에는 선후배 관계도 있다.

　그랬기에 선후배 사이에서 디스전이 벌어진 건 초유의 사태였고, 실제로도 이 혼란에 대해 일부 전문가나 예술계의 선배라는 사람들은 우려를 표명하고 있었다.

"하지만 그래도 이슈는 충분히 끌었죠."

"그런데 노 변호사님, 이걸 제 군대랑 어떻게 이어 가시려고요?"

"상징성의 문제죠. 아, 예술에서는 상징성을 잘 쓰죠?"

"네, 그렇죠."

"그러면 이해가 빠르시겠네요. 장형수 씨는 지금 일반인을 대상으로 한 예술을, 그리고 민용서 씨는 부자들만의 예술을 대변하고 있습니다."

"그런 건 있죠."

"그러면 그 부자들만의 예술에 과연 서민들은 불만을 가질까요, 안 가질까요?"

"당연히 불만을 가지겠죠."

"그러면 만일 그 부분에 관해 이 부자들만의 예술조차 장난질이라는 걸 알면 어떻게 될까요?"

"장난질이라고요?"

'모르나? 하긴, 모르겠구나.'

아무리 마음이 안 맞는다고 해도 입시 당시에 있었던 기록을 장형수가 볼 수는 없을 테니까.

노형진은 핸드폰을 꺼내서 장형수에게 사진을 보여 줬다.

"이게 뭡니까?"

"이 그림을 어떻게 생각하십니까?"

"이건 입시 소묘 같은데……."

"맞습니다. 어떻게 생각하세요?"

"배운 지…… 한 1년? 아니, 2년? 일단 오래되지는 않았나 보네요. 고등학생이 갑자기 노선을 미술로 바꾼 것 같은데. 미안한데 재수하라고 해야겠네요."

아무리 장형수가 교수는 아니라지만 최소한의 기본적인 지식은 있다.

노형진이 보여 준 사진이 어느 정도 수준인지는 안다는 것.

"아, 그 정도입니까?"

"아시는 분입니까?"

"뭐, 모두가 아는 사람이죠."

"모두가 아는 사람이라고요?"

"네. 민용서 씨의 입시 실기 사진입니다. 아는 사람을 통해 얻어 왔죠."

"네?"

그 말에 장형수는 눈을 크게 떴다. 그리고 이내 말도 안 된다는 듯 물었다.

"민용서가 이걸 그렸다고요? 하지만 이건…… 진짜 답이 없는데요? 애초에 이걸로 통과한다는 게 말이 안 됩니다. 민용서가 입학할 때 실기는 차석이었다고 들었는데요."

"아, 차석이었어요? 그건 또 몰랐네요."

"자기가 그렇게 떠들고 다녔으니 그럴 겁니다. 그런데 이게 그놈 그림이라고요?"

이제야 기초를 잡아 가는 수준의 실력이다. 그런데 차석이라니.

"장형수 씨 판단이 틀린 말은 아닙니다. 민용서에 관해 조사해 보니까 고등학교 2학년까지는 예술 쪽과는 아예 담쌓고 살았더군요."

실제로 민용서는 그 이전에 미술을 배우거나 미술을 전공하려고 한 흔적 자체가 없다.

미술 계통은 준비도 오래 걸리기에 보통은 고등학교 1학년 때 시작하고 더 이른 사람들은 중학교 때부터 시작한다.

"객관적으로 보면 이건 길어야 1년 수준인데."

"아까는 2년 준비한 것 같다면서요?"

"아, 그게…… 아는 사람이라 생각해서…….."

그나마 실례가 안 되는 수준에서 돌려 말한 거다.

노형진은 고개를 끄덕거렸다.

"1년 준비한 게 맞긴 하죠."

"그런데 대체 왜요? 왜 갑자기 그랬을까요?"

"아마도 학벌이 중요해서가 아닐까 싶습니다."

"학벌?"

"다른 곳에 갈 수 있는 성적이 아니었거든요."

"아아."

민용서의 성적은 절대로 높지 않다.

완벽하게 성적으로 승부하는 이공계는 지방대로 가야 할 테고, 문과에 간다고 해도 이 정도 성적으로는 인서울은 불가능하고 수도권 정도만 가능한 수준.

"그런데 예술 계통은…… 아시죠?"

"하아~."

계측화가 힘들다 보니 성적이 낮아도 괜찮은 학교에 갈 수 있다. 실기 점수를 엄청나게 많이 받아 보충해서 들어가는 거다.

"이게 사실 한두 해 문제가 아니기는 하죠."

"그렇죠."

하지만 그럼에도 불구하고 해결하지 못하고 있다.

애초에 감성적인 영역을 계측화하는 건 불가능하니까.

"차석치고는 실력이 떨어진다고 생각은 했는데……."

설마 그게 이런 식으로 비리가 얼룩진 거라는 생각은 못 했던 것.

장형수는 우울한 얼굴이 되었다.

그럴 수밖에 없다.

그는 민용서와 선후배 사이다.

즉, 이 비리를 저지른 사람이 자기 교수님이라는 소리이니 당연히 우울해질 수밖에 없는 거다.

"이걸 터트릴 생각입니다."

"이걸 터트린다고요?"

"네. 예술은 재량할 수 없지만 입시 비리는 재량할 수 있죠."

노형진은 사진을 흔들면서 말했다.

"네? 그럼 처음부터 터트리셨다면 편했을 텐데요?"

"민용서의 할아버지는 전 기획재정부 장관입니다. 그리고 민용서는 해군에서 이미 문화홍보병으로 내정되어 있지요."

그 말에 장형수는 한숨을 푹 쉬었다.

"아, 그랬죠."

"네, 그런데 이걸 터트리면 어떻게 되겠습니까?"

"당연히 묻히겠네요."

묻힐 수밖에 없다. 누구도 신경 쓰지 않을 테니까.

애초에 예술계에서 지들끼리 아웅다웅한다 해도 대중에게는 그저 남의 일, 가진 자들의 장난질일 뿐이다.

"솔직히 말씀드리자면, 그걸 터트렸으면 도리어 장형수 씨가 공격당했을 겁니다."

"그랬겠지요."

"하지만 이제는 아니죠."

장형수는 나름 이름이 있는 작가로 단시간에 치고 올라왔다.

아니, 단순히 이름이 있는 정도가 아니다.

현재 그간의 미술계에 불만을 품고 있었지만 빡빡한 예술계 문화에 눌려 찍소리도 못 하던 예술가들 사이에서 슬슬 불만이 새어 나오고 있었다.

"그리고 그 구심점에는 장형수 씨 당신이 있습니다."

기성세대에 대한 불만, 그리고 시스템에 대한 저항.

때로는 그게 바로 예술의 원동력이 되기도 한다.

당장 지금은 하나의 미술학파로 인정되는 인상파만 해도 그 당시에는 정형화된 규칙에 대한 저항을 담아서 대상을 재해석한다는 반항적 정신을 바탕으로 만들어진 화풍이 아니던가?

"그간 쌓인 저항과 불만이 이제 터져 나올 겁니다."

"그리고 비리가 방아쇠가 되겠군요."

"네."

언제부터 예술이 그리고 미술이 가진 자들의 타이틀 확보 수단이 되었느냐.

언제까지 가진 자들을 위해 가난한 예술가들이 고생해야 하느냐.

"불만은 한번 터져 나오면 멈추는 게 쉽지 않죠."

"하지만 그게……."

쉽지 않다.

왜냐, 예술계는 이미 권력화, 사유화되었으니까.

교수님이 '누구 그림 유통하지 말아요!'라고 전화 한 통만 하면 그 화가는 그날로 커리어가 끝나는 거다.

수많은 화방에서도, 그리고 전시장에서도 할 수 있는 게 없다.

문제는 그런 일이 생각보다 많다는 것.

자신의 심기를 건드렸다는 이유로 그러는 사람들도 있고, 자신보다 재능이 뛰어나다는 이유로 묻어 버리려는 사람들도 있다.

"그건 대룡에서 도와줄 겁니다."

"네? 대룡이요? 갑자기요?"

"아, 마이스터에서도 그쪽으로 좀 도와줄 거고요."

"으헤에엑!"

그 말에 장형수는 기겁했다.

갑자기 스케일이 수백 배는 커진 셈이니까.

"갑자기 말입니까? 왜요?"

"어차피 해야 하는 거. 방향을 잡는 건 우리니까요."

"어차피 해야 하는 일이라고요?"

"재벌가들이 돈이 썩어 문드러져서 미술관을 만들고 그 운영을 며느리나 딸 같은 가족에게 맡기겠습니까?"

하물며 그 며느리나 딸이 그림을 전공하지 않은 경우도 엄청나게 많은데?

"결국은 돈이죠."

재벌가는 미술에 그다지 관심 없다. 그걸로 흑자를 낼 수도 없고, 그런 경우는 엄청나게 드물다.

"사회적 책임 때문에 운영하는 거죠. 동시에 그곳에서 작품을 유통하면서 일종의 비자금을 만드는 통로로 활용하기도 하고요."

"비자금……."

진짜로 그림을 사랑해서 운영한다기보다는 그림을 비자금으로 유통하는 거다.

가령 누군가가 어떤 그림을 선물했다 해도, 그 값어치는 누구도 판단할 수가 없다.

해당 작품에 경매 기록 등이 있다면 판단이 가능하겠지만 그게 아니라면 그야말로 사는 놈 마음이다.

즉, A라는 그림을 누군가에게 선물받은 뒤 한 2년쯤 있다가 미술관에 4천만 원을 받고 팔면, 그 순간부터 그 그림의 가격이 4천만 원이 되면서 그 화가가 그린 그림의 값어치가 완성되는 거다.

"그렇게 수십 년이 지났죠. 그리고 당시에 그 과정을 거치면서 변질된 사람들이 지금 교수로 재직 중인 거죠."

작품이 뇌물의 중개물로 사용되었지만 그 값어치는 이미 확정된 거다.

대기업 계열의 미술관에서 자칭 전문가들이 '이건 5천만 원입니다.'라고 말하는데 누가 부정을 할 수 있겠는가?

"그런데 대룡은……."

"현실은 부정할 수 없습니다. 설사 대룡이라고 해도 말이죠."

대룡이 아무리 한국에서 잘나가는 기업이 되었다고 해도 뇌물에 대한 요구를 거절하거나 무시할 수는 없다.

노형진이 아무리 세상을 바꿔도 한계란 존재하기 때문이다.

"그러다 보니 애매해진 거죠."

기존 작품들을 이용해서 뇌물을 주자니 죄다 이름값이 올라 뇌물의 단위가 수천만 원이 되어 버린다.

그렇다고 신인을 쓰자니, 자기 밥그릇 빼앗기는 꼴이니 기성세대 예술가들이 눈깔을 까뒤집는다.

"그러니 이번이 기회인 거죠."

"기회라……."

"네."

대중 예술을 후원하고 신인을 적극 발굴하겠다, 그리고 그들에게 기회를 주겠다.

"뇌물과 별개로 예술의 저변을 확대하면서 사회적 책임을 다하는 것도 사실 기업의 책임입니다. 일정 규모 되는 건물 앞에 왜 쓸데없이 의미도 없는 조형물을 두겠습니까?"

"하긴, 그러네요."

일정 이상 규모의 건물을 지을 때는 그 앞에 의무적으로 예술 조형물을 세우도록 법에 규정되어 있다.

그 이유는 간단하다.

대중 예술을 일상에 접목함으로써 국민들이 예술을 가까이에서 접하게 하기 위한 문화예술 정책의 일환이다.

"하지만 지금 상황이 어떤지 아시죠?"

지금 상황은 그게 아니다.

정말 뜬금없는, 의미도 없는 괴상한 걸 가져다 두고 썰만
붙여 준다. 우주가 어쩌고 각박한 세상이 어쩌고 하는.

"대부분의 건물이 그딴 식이죠."

주변과 어울리는지, 혹은 그 예술 작품으로 무슨 이야기를
하고 싶은지보다는 그냥 예술품이 필요하니까 제법 유명한
사람에게 두둑하게 챙겨 주고 '아무거나 주세요.'라고 요청해
버리는 거다.

그 이면에는 '이번에 네 작품 설치해 줄게. 설치비로 5천
청구하고 2천은 나 주라.' 하는 식의 비리가 아주 흔하다.

애초에 예술 작품에 대한 가치판단이 애매하기 때문이다.

"생각이 많아지네요."

노형진의 말에 장형수는 입맛을 다셨다.

얼마나 더러운지 아예 모르는 바는 아니었지만 그래도 이
건 생각보다 심했으니까.

"중요한 건 이거죠, 이제는 그 문제를 막을 거라는 거."

수의계약으로 아무거나 가져오는 게 아니라 대룡 미술관
을 통해 해당 작품을 검토하고 가치를 판단해 신인에게 기회
를 주겠다는 것.

단순히 조형물만이 아니라 그림이나 조각상 같은 것도 그
런 방식으로 운영하는 것이 계획이었다.

"두 파벌이 붙으면 한쪽 파벌의 존재감은 장형수 씨가 가
져오게 될 겁니다."

그리고 이미 저쪽 파벌은 민용서에게 이미지가 뒤집어씌워진 상황.

"네, 알겠습니다."

노형진의 말에 장형수는 고개를 끄덕거렸다.

"제 후배들을 위해서라도 해야겠네요. 그러면 이제 뭘 해야 합니까?"

"아무것도요. 지금쯤 서세영 변호사가 이미 준비를 마친 후일 겁니다. 우리는 이제 기다리기만 하면 됩니다."

⚖️

서세영은 미국에서 날아온 자료, 정확하게는 장형수의 그림이 표절당한 사건을 이슈화하려고 했다.

"근데 안 받아 주네?"

"그렇겠지?"

"아니, 오빠. 왜 이걸 굳이 일단 작은 곳에 물어보라는 거야?"

노형진의 말에 서세영은 이해하기 어렵다는 듯 고개를 갸웃했다.

"그냥 코리아 타임라인이나 대형 언론사에 던져 주면 알아서 터트릴 텐데."

"그래서 안 된다는 거야."

"어째서?"

"이 개판에 소수의 미술계 언론사들이 과연 개입을 하지 않았을까, 상식적으로?"

"아…… 하긴, 인원이 적으면 그걸 나누는 사람은 더더욱 친밀해지지?"

"그래, 맞아."

미국에서 표절 사건이 벌어졌고 그로 인해 수상 취소까지 터진 걸 과연 그 언론사들이 몰랐을까?

그랬을 리가 없다.

이미 그 당시 기록을 찾아서 언론사들이 수상 소식을 대서 특필한 걸 확인했으니까.

수상 소식은 알았는데 수상 취소 소식은 몰랐을 수는 없다.

"그러니까 덮어 준 거지, 권력자를 위해서."

"그랬겠지."

"그러니까 그놈들도 엮어야지. 우리가 그냥 터트리잖아? 분명히 이쪽 언론에서 대번에 장형수를 공격할걸."

"아아~."

"하지만 우리가 먼저 제보했는데 그걸 언론에서 덮었다고 하면 이야기가 달라지지."

이미 그들은 저쪽에 붙은 셈이니 사람들은 믿지 않을 거다.

"그러면 그들은 자기들의 중립적 입장을 위해서라도 조작한 놈들을 물어뜯을 수밖에 없어."

"그러고는 오해라고 하고?"

"그래야지. 예술은 믿음의 영역이니까."

믿음이 깨진 예술가의 가치는 엄청나게 떨어진다.

가령 유명한 화가가 성추행으로 처벌받았다고 치자.

그 사람의 작품은 변한 게 없다. 하지만 그 순간부터 그 작품들의 가치는 바닥으로 떨어지게 된다.

예술가의 작품이 아니라 성범죄자의 작품이니까.

"그건 예술 계통의 언론사들도 마찬가지야."

분명 그 표절한 놈을 신나게 물고 빨았고, 그 작품에 대한 거래도 상당히 높은 가격에 많이 이루어졌을 거다.

그리고 그 가치를 유지하는 데에는 언론이 필수다.

"같이 죽거나, 아니면 혼자라도 살 거나."

답은 정해져 있는 법.

"그러니까 이제 터트려야지, 후후후."

국제 대회에서 이루어진 표절 시비

표절되어 수상 취소. 그러나 국내 언론은 침묵?

국내 예술계, 해외 수상 취소에 대해 침묵으로 일관

권력자들을 위해 충성을 바치는 국내 예술계. 과연 예술은 권력으로부터 자유로운가 그렇잖아도 한국의 예술계는 변방이라 언론의 관심을 받지 못했다. 하지만 한번 관심을 받기 시작하자 그간 쌓여 있던 수많은 이슈들이 미친 듯이 터져 나왔다.

국내 예술 언론사, 표절 문제 제보에 대해 보도 거부. 가진 자를 위한 예술이 한국을 좀먹다

특히 코리아 타임라인에서 터진 뉴스는 사람들의 공분을 자아냈다.

심지어 그 피해자가 최근 유명한 장형수라는 사실에 사람들은 더더욱 분노했다.

"사연 좋고."

서세영은 연일 까이는 예술계를 보면서 피식 웃었다.

"사연이 좋기는 하지."

노형진도 공감한다는 듯 고개를 끄덕거렸다.

몸이 안 좋아서 군대 때문에 5년을 허송세월했지, 거기다가 자기 작품을 표절당하고도 힘없다고 통째로 빼앗겼지, 그걸 되찾으려고 하니까 업계에서 생매장당했지.

"유명해지면 똥 싸라."

"아니, 너무 축약했잖아."

"하여간. 오빠 말이 맞네."

유명해지고 나니 그는 어느 순간 예술계의 모든 악습에 저

항하는 상징 그 자체가 되어 있었다.

"그러니까 이제 군대를 가야지."

"군대를 지금 보낸다고? 더 늦게가 아니고?"

"그래. 원래 극적인 순간에 내려오는 게 더 극적이지 않겠어? 그리고 더는 연기도 불가능하잖아."

"하긴, 그러네."

물론 자의에 의해서는 2년까지만 연장이 가능하지만, 공무원 시험과 같은 다른 이유가 있다면 조금 더 연장할 수 있다.

하지만 이미 한 명의 예술가로서 이름을 날리고 있는데 이제 와서 공무원 시험을 본다고 한들 누가 믿겠는가?

더군다나 누가 봐도 그건 편법이기에 도리어 이미지만 망가질 뿐이다.

"그리고 이 시기에 군대를 간다고 하면 어떻겠어?"

"아아~."

한 자리를 두고 두 사람이 격돌하게 될 거다.

"이제 승자를 가릴 시간이야, 후후후."

⚖

　장형수, 해군 문화홍보병 지원. 도서 지역에 고립된 곳에까지 예술과 미술을 전하고 싶다고 포부 밝혀

"아니, 이건 아니지!"

민용서는 뉴스를 보고 기겁했다.

그도 그럴 게 이 문화홍보병 자리에는 자기가 들어가기로 되어 있었기 때문이다.

"아빠, 이거 뭐야? 저 자리, 내 자리라고 하지 않았어?"

"으음……."

그 말에 그의 아버지는 떨떠름한 얼굴이 되었다.

상황이 좋지 않았다.

문화홍보병으로 들어가서 그나마 좀 편한 섬에 말뚝 박고 대충 시간이나 때우다가 제대하는 것. 그게 민용서와 그 아버지의 계획이었다.

그런데 갑자기 난데없는 라이벌이 나타난 것이다.

"걱정하지 마라. 그래도 네가 내정자인 것은 변함없어."

"이 상황에서 내정? 그게 말이 되겠냐고!"

민용서는 불안감이 치밀어 올랐다.

자신에게는 부자들을 위한, 부자만을 위한 예술가라는 이미지가 있다. 그에 반해 장형수는 서민을 위한, 그리고 대중을 위한 예술가라는 이미지가 있다.

자신이 해군이라고 해도 장형수를 뽑았으면 뽑았지, 자신을 뽑지는 않을 거다.

"어허, 걱정하지 말라니까. 할아버지가 다 준비해 놨다는데 뭐가 그렇게 걱정이야?"

"그건 그런데…….."

"너희 할아버지가 누구냐? 대한민국 기획재정부 장관님 출신이야. 누가 너희 할아버지 말을 어기겠니?"

"그…… 그렇겠지?"

"그럼. 그러니까 너무 걱정하지 말고 너도 슬슬 입대 준비해."

"입대?"

"이번에는 해야지. 또 뭐로 연기하려고? 다음번에도 그 자리가 날 거라는 보장도 없잖니?"

그 말에 민용서는 떨떠름한 얼굴이 되었다.

아무리 내정된 자리가 있다지만 군대에 가고 싶지는 않았으니까.

"아, 씨팔. 그 깡촌에서 뭐 하지?"

"자리만 잡으면 네가 가지고 놀던 거 다 보내 줄 테니까 너무 걱정하지 마라."

아버지의 말에 민용서는 떨떠름한 얼굴로 고개를 끄덕거리는 수밖에 없었다.

⚖️

장형수가 군대에 문화홍보병이라는 이름으로 지원했다는 뉴스가 보도되자 사람들은 문화홍보병에 많은 관심을 가지게 되었다.

단 한 번도 들어 본 적이 없는 보직이니까.

그에 대해 조사하는 사람들이 늘어날수록 그와 비례해서 그 자리를 신청하는 예술가나 학생도 많아졌다.

"하지만 거의 정해진 상황이죠."

"그건 그런데……."

장형수는 떨떠름하게 말했다.

대부분의 사람들은 대학교 2학년을 마치고 가는 게 일반적이다.

이제야 예술가로서 기초를 배우는 사람이, 아무리 노형진의 도움을 받았다지만 이미 널리 이름이 알려진 장형수를 꺾고 문화홍보병이 될 가능성은 제로라고 봐도 무방하다.

"하지만 여전히 민용서가 있지 않습니까? 내정자라면 저라고 해도 답이 없을 텐데요."

물론 장형수가 문화홍보병으로 유리한 건 사실이지만 진짜 실력이야 어떻든 간에 민용서가 외부적으로 쌓아 올린 커리어도 절대로 무시할 수준이 아니니 눈 딱 감고 내정자를 보낼 가능성도 무시 못 한다.

어차피 시간이 지나면 사람들은 다들 잊어버린다고 생각하는 게 현실이고 실제로도 대한민국에서, 특히 군에서 벌어지는 사건은 대부분 시간이 지나면 잊히기에 군의 부패가 사라지지 않는 거니까.

"물론 그렇지요. 그러니까 내정자설을 터트릴 시점입니

다.”

“내정자설요?”

“네. 애초에 거짓말을 하는 것도 아니니까요.”

실제로 민용서는 내정자다. 그리고 발탁된 후에 노화도라는 섬에서 근무할 예정이기도 하다.

“사람들은 지금 민용서가 부자들에게 많은 혜택을 입고 있다고 생각합니다. 그리고 그게 사실이고, 스스로도 부자죠.”

그들만의 세계, 그들만의 세상도 짜증 나 죽겠는데 그나마 모두가 가는 군대에서도 그들만 편하고 쉬운 곳을 차지한다면 과연 사람들이 화를 내지 않을까?

“당연히 화를 내고 공정하게 하자고 할 겁니다.”

“공정이라…….”

“네, 공정이죠.”

그리고 공정하게 한다면 장형수가 밀릴 이유가 없다.

“하지만 그걸 언론에 준다 한들 터트려 줄까요?”

증거도 없고 증언도 없다.

새론이나 노형진이 일방적으로 ‘내정받아서 편한 곳으로 가려고 합니다.’라고 알려 봐야 애초에 지금의 민용서는 아직 군에 지원하지도 않은 상황이니 도리어 억울한 죄를 뒤집어씌우는 꼴밖에 안 될 거다.

“그러니까 소문만 내야지요, 처음에는.”

“어디다가요? 인터넷에 올린다고 해도 묻힐 것 같은데요.”

장형수는 고개를 갸웃했다.

그런 불확실한 정보를 믿을 만한 곳은 별로 없다. 그리고 사람들이 안 믿는데 이슈화될 리는 없고.

"해군 지원자들이 모이는 카페가 있습니다."

"아, 그렇죠. 해군은 지원으로 가는 거였죠."

해군과 공군은 육군과 다르게 때가 되면 지원해서 가는 구조로 되어 있다.

당연히 그 안에는 경쟁이라는 게 존재하고, 관련 정보를 얻기 위해 해군 지원자 카페나 인터넷 모임이 상당히 활발하게 운영되는 편이다.

"그곳에서 이건 의외로 재미있는 문제죠."

물론 장형수는 문화홍보병으로 가는 게 목적이라 티오가 달라서 크게 타격을 입지는 않을 거다.

"하지만 그곳에서 관심을 가지면 자연스럽게 언론에서 떠들기 시작할 겁니다."

"하지만 그게 효과가 있나요?"

"이걸 저는 핑퐁이라고 합니다."

"핑퐁?"

"서로 전략적으로 이야기를 주고받으면서 그걸 키워 나가는 거죠. 사기꾼들이 많이 쓰는 방법이기는 한데."

노형진은 어깨를 으쓱했다.

해군 지원자들의 모임인 미해군.

물론 미국 해군을 지원하겠다는 뜻이 아니다.

'미래의 해군들'을 줄여서 미해군이라 부르는 것으로, 해군 지원자 모임 중 가장 많은 인원을 자랑하는 곳이었다.

그곳에 어느 날 새로운 글이 올라왔다.

―우리 아버지가 해군 대령인데 민용서가 이미 내정되었다는데요?

―그게 뭔 소리임?

―저 이번에 해군에 문화홍보병으로 지원했거든요. 아, 미술 아니고 마술, 입니다. 마술.

―마술도 있음?

―그림만 보라는 법 없잖아요. 하여간 그런데, 아버지가 이번 문화홍보병 미술 티오는 이미 민용서로 결정 났다고 하더라구요.

―구라 아님?

―익명 카페인데 뭔 소리세요? 마술이라도 보여 드릴까요?

―인증 가능?

잠시 후 사진으로 올라온, 마술용품으로 보이는 장비와 대령 계급장이 박혀 있는 모자.

둘 다 구하려면 구할 수 있는 물건이지만 보통 집에 없는 물건이다.

 -아버지 말로는 그래서 지금 군 수뇌부에서는 이미 민용서가 노
화도에 근무하기로 되어 있다더라고요.
 -노화도? 거기는 낙도라고 하기도 그렇지 않나?
 -노화도 어디?
 -거기 고등학교도 있는 큰 섬인데?
 -하여간 민용서가 내정된 거라서 누가 신청해도 못 뒤집을 거래요.
 -뭔 말도 안 되는 소리임? 근거도 없이?
 -민용서 할아버지가 전 기획재정부 장관이래요. 이 정도면 확실
히 부정 못 하죠?
 -헐. 진짜임? 그럼 가능할지도.
 -쌉가능. 얼마 전에 막 기획재정부에 예산 달라고 징징거리다가
송정한이 한번 거기 뒈지게 패지 않았나?
 -그랬죠. 국방부, 기획재정부 눈치 겁나 봄.

 슬슬 글이 그쪽으로 넘어가는 걸 보면서 노형진은 피식 웃
었다.
 "역시 떡밥이 재미있으면 다들 달려든다니까."
 "오빠, 그런데 그걸 어떻게 믿어? 다들 너무 쉽게 믿는데. 마
술 도구랑 대령 모자를 올렸다지만 이건 쉽게 구할 수 있잖아."
 마술 도구야 인터넷에서 살 수 있고 해군 대령들이 쓰고

다니는 모자와 약장은 군장점에서 살 수 있다.

그런데 그것만으로 믿다니.

"아, 저거 때문에 믿는 건 아니야."

"뭐? 그러면?"

"말했잖아, 민용서 할아버지가 기획재경부 전 장관이라고."

"그랬지."

"너, 전현직 장관 손자 중에 아는 사람 이름 하나만 대 봐."

그 말에 서세영은 한참 머리를 굴리다가 고개를 흔들었다.

"전혀 모르겠네?"

"그렇지. 왜 그렇겠어? 그것도 의외로 보안 아닌 보안이거든."

"보안 아닌 보안?"

"그래. 한 나라의 예산을 집행하는 부서의 가족이야. 그놈만 잡을 수 있다면 할아버지를 협박해서 정보를 내놓으라고 할 수도 있겠지."

"아!"

자료 자체에 접근하는 건 쉽지 않을 테지만 최소한 예산이 어디로 흘러가는지는 알 수 있다. 그러면 한국에서 항모를 개발하는지, 아니면 전투기를 개발하는지 쉽게 알 수 있다.

그리고 때때로는 예산 검증을 이유로 자세한 사항을 요구하기 때문에 상당히 중요한 정보를 찾아낼 수도 있다.

"그래서 권력자나 정치인의 가족들이 쉽게 방송에 안 나오는 거야. 그들이 나올 정도라는 건 방송국에서도 커버 치지 못할 정도로 병신 짓을 했거나 그럴 의미가 없을 정도로 이미 엄청 유명하다는 거지."

"아…… 그러니까 믿는 거구나."

"그래, 맞아."

지난 며칠간 민용서와 장형수의 라이벌 기믹은 대한민국을 뜨겁게 달궜다.

그러나 그 누구도 민용서의 집안에 대해서는 말하거나 증명하지 못했다. 사람들도 민용서가 나름 돈 많은 집안 자식일 거라고 생각하고야 있지만 증명할 수가 없었던 것.

"개인 정보에 접근할 수 있다는 것 자체가 엄청난 거구나."

"맞아. 심지어 할아버지의 개인 정보를 알아내는 건 생각보다 까다롭지."

그걸 추적하기 위해서는 일단 아버지부터 추적해야 하니까.

"그러니 이 글을 본 기자들이 어떻게 생각할지는 뻔하지 않겠어?"

⚖

새벽일보의 소세진 기자는 제보 내용을 슥슥 넘기며 물었다.

"이거 확실해?"

"그거야 모르지. 나도 군 관련해서 지원하려다 우연히 알게 된 거니까."

"흠."

그 말에 소세진은 다시 한번 내용을 확인했다.

"누나는 어떻게 생각해?"

"확실히 알아볼 만하기는 해. 의심스럽기는 하네."

"하긴, 군 내부에서 높은 분들이 좋은 곳을 빼 가는 건 딱히 비밀도 아니잖아?"

"그건 그렇지."

더군다나 그걸 불법이라고 보기도 애매한 게 사실이다.

"하지만 이건 이슈가 된단 말이지."

장형수는 군인으로서 의무를 다하겠노라고 이제 네 번째 지원을 했다. 무려 여섯 번째 입대다.

그런데 그가 원하는 자리는 전혀 엉뚱한 권력자의 아들이 이미 선점하고 있다?

"이게 확실하면 한번 물어 볼 만한데."

"개인 정보에 접근이 가능해?"

"어렵지도 않아."

물론 장관의 자녀의 이름을 홍보하거나 하지는 않는다.

하지만 또 철저하게 감추려고 하지도 않는다.

적당히 감추고, 언론에서도 공중파나 지면상 나가지 않게 막는 정도다.

"그 정도는 정치권의 아는 선배들한테 물어보면 금방이지."

소세진은 그렇게 말하면서 여기저기 문자를 보내 혹시나

민용서에 대해 아는 사람이 있나 물어보기 시작했다.

답장은 얼마 지나지 않아 돌아왔다.

–그건 또 어떻게 알았냐?

"오?"

소세진은 정치부 선배의 말에 눈이 커졌다.

그래서 다급하게 우다다다 문자를 보냈다.

–선배, 진짜로 민용서가 전 기획재정부 장관 손자예요?

–맞아. 그런데 딱히 알려지지는 않았지. 그런데 왜?

–그, 요 근래에 말 많은 예술가가 그 민용서 맞죠?

–맞아. 혹시 뭐 나오는 거 있어? 너 인마, 혼자 먹으면 죽는다.

하지만 소세진의 눈은 이미 반짝거리고 있었다.

"이거 특종이다."

"누나, 이거 주는 대신에 용돈, 약속한 거다."

"아이구, 우리 예쁜 동생. 누나가 치킨 사 주까?"

"아니, 씨. 그걸 치킨 하나로 퉁치는 건 양심이 없어도 너무 없는 거 아냐?"

하지만 소세진은 대답할 정신이 없었다.

동생이 운 좋게 해당 해군 지원자 카페에 들어갔다가 봤다면 다른 기자들도 언제든 알아챌 수 있는 노릇.

"특종은 언제나 반가운 법이지, 호호호."

그녀는 다급하게 자신의 방으로 들어가서 노트북을 켜면서 웃었다.

⚖

얼마 후 민용서에 대한 뉴스가 제대로 터져 나왔다.

민용서 화가, 군 내부에서 이미 해군 문화홍보병으로 내정

확실히 이 정도만 해도 사람들에게는 충분히 신경 쓰이는 뉴스였을 것이다.

하지만 소세진은 나름 기자 소리를 듣는 사람이었고, 또 근거도 없이 단순히 민용서가 전 장관의 아들이라는 이유만으로 기사를 쓴 것이 아니었다.

나름대로 조사해서 그와 관련된 의혹을 잡은 것.

군 수뇌부가 노화도에 정체 모를 월셋집을 얻은 것으로 드러났다. 계약 기간은 2년. 군 수뇌부에서는 장교들을 위한 숙소라고 주장하고 있으나 노화도에는 주둔하고 있는 군부대가 없는 것으로 알려져 있다.

다군다나 장교가 단독 주둔하는 이유에 대해 언급하지 않고 있으며, 이 24평짜리 최신식 빌라는 다른 장교들의 대우에 비해 차별성이……(후략)…….

단순히 들은 것뿐만 아니라 노화도에서 취재를 하여 그곳에서 여러 가지 사실을 확인하고 기사화한 것이었다.

그렇기에 그 기사는 사람들에게 충분히 의혹으로 다가왔다.

─와. 장관님 손자쯤 되니까 장난 아니네.

─이게 과연 우연일까?

─우연이 아니다에 손모가지 건다.

사람들의 반응은 생각보다 빨랐다.

"와, 이렇게 굴러가는 거였구나."

서세영은 혀를 내두를 수밖에 없었다.

예술계를 뒤집어엎는 것과 동시에 군대에 보낸다기에 당연히 어떤 방법이 있을 거라고 생각은 했지만 설마하니 이런 식으로 굴릴 줄은 몰랐으니까.

"이제 제가 문화홍보병으로 갈 수 있는 겁니까?"

"아니요. 아직은 아닙니다."

"어째서요?"

장형수는 노형진의 말에 어리둥절한 얼굴이 되었다.

이 정도면 자신이 원하는 대로 문화홍보병으로 갈 수 있을 것 같았으니까.

하지만 그건 그가 해군, 아니 군이라는 조직을 몰라서 하는 말이었다.

"애석하게도 이건 의혹일 뿐이니까요."

"네?"

"군 내부에서 충분히 덮을 수 있는 사항이라는 거죠. 제가 지난번에 말씀드렸다시피, 어차피 욕먹을 거 화끈하게 욕먹고 저지르고, 시간이 지나면 다들 잊어버릴 거라고 생각할 수도 있다는 겁니다."

"그게 무슨 말씀이신지?"

하지만 서세영은 노형진이 왜 이러는지 알아차리고는 혀를 끌끌 찼다.

"불법이 아니라는 소리예요."

"불법이 아니라고요? 내정이요?"

"네. 그게 문제죠."

해군에 지원한 사람을 어디에 배치할지에 관한 문제는 전적으로 해군의 선택에 달렸다.

배에서 근무하게 할지, 섬에서 근무하게 할지, 아니면 육상에서 근무하게 할지.

"그런 경우 무조건 노화도에 배치한 후에 해군에서 '우리는 내정 같은 거 없었다.'라고 발표한다 해도 시간이 지나면

흐지부지된다는 거죠."

서세영의 말에 장형수는 눈을 찡그렸다.

그가 보기에도 충분히 가능한 일이었으니까.

"그러면 어떻게 해야 합니까? 그러면 이게…… 고생한 의미가 없지 않습니까?"

"제가 말씀드렸죠, 이건 핑퐁이라고?"

"그랬죠."

"저쪽은 공을 쳤습니다. 우리는 그걸 받아치면 됩니다. 거기에 더 큰 의혹을 붙여서 말입니다."

"더 큰 의혹?"

"네. '입시 의혹' 말이죠."

노형진의 말에 장형수의 얼굴이 굳었다.

"입시용 소묘 그림 보셨죠?"

"네."

"그걸 과연 예술을 하는 사람이 보기에 차석의 것이라 평가할 수 있을까요?"

"글쎄요. 그건 턱도 없죠. 기본도 안 잡혀 있……."

"네. 진짜 차석이 되기 위해서는 둘 중 하나가 되어야 합니다."

첫 번째, 민용서의 수능 성적이 넘사벽 수준으로 높아야 한다.

하지만 그랬다면 민용서가 갑자기 그림으로 방향을 바꿀

이유도 없었을 것이다.

"저희가 조사한 바에 따르면 민용서는 공부를 잘하는 학생이 아니었습니다."

고등학교 2학년까지만 해도 학교에서 중하위권이라 고 3 때 공부를 미친 듯이 해서 기적적으로 성적을 올리지 않는다면 인서울은 불가능.

"그런데 민용서의 친구들은 그가 놀았으면 놀았지 공부할 놈은 아니었다고 하더군요."

"그 말은?"

"네. 수능과 별개로, 다른 식으로 점수를 받아야 합니다."

그리고 그 기록은 대학에 남아 있다.

장형수는 혼란스러운 표정으로 말했다.

"하지만 그러려면…… 면접과 실기에서 거의 만점을 받아야 합니다."

"네, 그게 핵심입니다."

"네?"

"그림대로라면 면접이야 둘째 치고 실기에서 만점을 받을 수는 없죠."

"그렇죠."

"그런데 말입니다, 수능에서 부정 입학이 터진 후에 군대에 가면 처벌을 어디서 받는지 아십니까?"

"그거야……."

그때 옆에서 대화를 듣고 있던 서세영이 외쳤다.

"아! 군대! 맞아, 군대! 군대에서 받아요."

"네? 군대요? 아니, 그게 가능합니까?"

"네, 군대에서는 군인에 대한 처벌을 하거든요."

설사 입대 전 사회에서 저지른 범죄 사실이 군대에서 드러났다 해도 그 처벌은 군법에 따라 받도록 되어 있다.

왜냐하면 법적으로 처벌 기준은 그 범죄를 저지른 시점이 아니라 그 처벌을 받는 시점이기 때문이다.

미성년자가 범죄를 저지르고 나서 재판을 받던 중에 성인이 되었다면 미성년자가 아닌 성인으로서 성인 법에 따라 처벌받는 것과 같다.

"그러면 민용서는 둘 중 하나를 골라야 하죠."

사회에서 모든 사건이 해결된 후에 입대를 하는가, 아니면 입대해서 편하게 놀다가 그 후에 진실이 알려져서 군 교도소로 가든가.

"기대되지 않습니까?"

노형진은 싱글벙글 웃으며 말했다.

"과연 민용서가 어떤 선택을 할지 두고 보도록 하지요, 후후후."

다음 권으로 이어집니다

꿈의 도약, 로크에서 하십시오
(주)로크미디어에서 신인 작가를 모십니다

즐거운 세상, 로크미디어는 꿈을 사랑하고 도전을 두려워하지 않는 작가
분들의 참신한 작품을 기다리고 있습니다. 21세기 장르 문학계를 이끌어 갈
차세대 선두 주자 (주)로크미디어에서 여러분의 나래를 활짝 펴 보시길
바랍니다.

모집 분야 판타지와 무협을 포함한 장르 문학
모집 대상 아마추어 작가, 인터넷 작가
모집 기한 수시 모집
    작품 접수 시 유의 사항
      1. 파일명은 작가명_작품명.hwp형식을 갖춰 주십시오.
      1. 파일에 들어갈 내용은 다음과 같습니다.
        − 성명(필명인 경우 실명을 밝혀 주세요), 연락처, 이메일 주소
        − 제목, 기획 의도
        − A4용지 1장 분량의 등장인물 소개
        − A4용지 2장 분량의 전체 줄거리
        − 본문
      1. 작품이 인터넷에 연재되고 있다면, 게시판명과 사이트의 구체적이고
        정확한 주소를 기재해 주십시오.

선택된 작품은 정식 계약 후 출판물로 간행되어 전국 서점에 유통됩니다.
작가 분은 (주)로크미디어의 전폭적인 지원하에 전속 작가로 활동하시게 됩니다.
※ 자세한 내용은 로크미디어 홈페이지(rokmedia.com)를 참조하세요.

(04167)서울시 마포구 마포대로 45 일진빌딩 6층
(주)로크미디어 편집부 신간 기획 담당자 앞
전화 : 02) 3273-5135
www.rokmedia.com   이메일 : rokmedia@empas.com